FABLES

ET

POÉSIES DIVERSES

PAR

ACHILLE DUVAL.

> Tout ainsi que la voix contraincte dans l'estroict canal d'une trompette sort plus aigüe et plus forte; ainsi me semble il que la sentence pressee aux pieds nombreux de la poësie s'eslance bien plus brusquement, et me fiert d'une plus vifve secousse.
>
> MONTAIGNE. *Essais*, liv. I, ch. XXV.

Prix : 2 francs

PARIS

H. DURANDIN, LIBRAIRE

46, GALERIE VIVIENNE, 46

1860

232349

FABLES

ET

POÉSIES DIVERSES

(C.)

Corbeil, typ. et stér. de Crété.

FABLES

ET

POÉSIES DIVERSES

PAR

ACHILLE DUVAL.

> Tout ainsi que la voix contraincte dans l'estroict canal d'une trompette sort plus aigüe et plus forte; ainsi me semble il que la sentence pressee aux pieds nombreux de la poësie s'eslance bien plus brusquement, et me fiert d'une plus vifve secousse.
>
> MONTAIGNE. *Essais*, liv. I, ch. XXV.

PARIS

H. DURANDIN, LIBRAIRE

46, GALERIE VIVIENNE, 46

—

1860

AVERTISSEMENT

DE L'AUTEUR.

Quiconque m'aurait dit, il y a six mois, que j'occuperais la presse, m'aurait grandement surpris.

Depuis quelques années, j'avais, pour mon étude et mon amusement particuliers, écrit diverses pièces que je me plaisais à montrer à un petit nombre d'amis que le ciel a bien voulu me donner. Quelquefois aussi j'étais l'homme de la circonstance, et je conserve une petite collection de ces souvenirs qui m'intéresseront toujours puisqu'ils sont mes enfants. Mais de ces pièces à celles que l'on peut composer pour être publiées il y a une grande différence. L'ami est indulgent et le public a le droit d'être sévère.

On m'a pourtant persuadé que quelques-uns de ces opuscules pouvaient voir le jour et seraient lus avec intérêt. Je sais qu'on m'a pris par l'amour-propre. Dieu veuille que je n'aie pas à m'en repentir.

J'ai donc extrait de ma collection ce qui n'avait pas un caractère intime et j'en ai fait ce mince volume. Tout cela explique et son exiguïté et la diversité des pièces qui le composent. Cela démontre aussi qu'il n'avait pas été fait pour être publié, car, en ce cas, je me serais adonné à un seul genre et j'aurais grossi le volume le plus que j'aurais pu. Telle n'a pas été ma pensée et, d'ailleurs, je ne suis pas un auteur de profession et je ne travaille pas à volonté. J'ai besoin que le sujet me plaise et que l'inspiration m'arrive.

Parmi les pièces que je livre à l'impression, il y en a d'assez sérieuses. On les jugera selon leurs mérites. Il y en a quelques-unes qui touchent à la satire. Je dois dire que ce serait vainement qu'on y chercherait des allusions et des applications particulières. Ce n'a jamais été mon intention. Elles ne contiennent absolument que des fictions et des généralités. Enfin, il y en a de gaies, mais non licencieuses. Je n'ai recherché pour celles-ci que des sujets de rire, ce qui m'a toujours semblé bon et agréable, et me portait à écrire dans une pièce intime :

> Assez souvent le cœur soupire
> Dans notre pauvre individu,
> Et le temps que l'on passe à rire
> N'est pas toujours un temps perdu.

J'ai pensé que je devais donner ces courtes explications.

FABLES

ET

POÉSIES DIVERSES

LES CERISES ET LES CHATAIGNES.

FABLE.

Dans un jardin un joli cerisier
Pour compagnon avait un châtaignier.
Chacun d'eux promettait pour prix de sa culture,
De faire don de sa progéniture;
Mais, trop jeunes encore, aucun n'avait produit
Que quelques fleurs et pas de fruit,
Quand, un jour, le printemps, pour le cours de l'année,
Leur prédit nombreuse lignée :
C'est alors que leur maître entrevit le bonheur
D'être payé de son labeur,

Car bientôt autour d'eux on put voir deux familles,
Ou plutôt deux essaims de fraîches jeunes filles,
Que messieurs les papas abritaient de leur mieux
Contre les regards curieux.
Le maître, en amateur de belles marchandises,
Par avance vendait châtaignes et cerises,
Aux deux arbres disant : Avec sagacité
Soignez bien vos enfants jusqu'à maturité.
Pour en venir à bout, que firent nos deux pères ?
On verra qu'ils avaient différents caractères,
Employant des soins bien divers
Pour mettre leurs enfants à l'abri des pervers.
L'un fit entrer ses jeunes filles
En des appartements défendus par des grilles,
Et, dût-on l'appeler père dénaturé,
Il laissa leur mérite au dehors ignoré.
Comment agit notre autre père ?
Loin d'avoir cette humeur sévère,
Il voulut montrer au grand jour
Les tendres fruits de son amour,
Prétendant que leur innocence
Était leur meilleure défense.
Qu'advint-il à nos deux gardiens
De l'emploi de ces deux moyens ?

Un jour, dès le matin, faisant leurs gaillardises,
On aperçut des effrontés moineaux,
En gazouillant, venir percher sur les rameaux
Du père confiant de nos jeunes cerises.
Elles entraient alors au fort de la beauté,
Et, comme nous savons, jouaient en liberté.
De leurs corps rebondis la pulpe se carmine,
Et promet à la bouche une saveur divine.
Quel spectacle attrayant pour des oiseaux pillards
Et poussés par la soif comme des babillards !
Soudain, à coups de bec, ils se frayent passage,
Sachant atteindre jusqu'aux cœurs
De toutes ces charmantes sœurs,
Qui semblent pendre là pour qu'on en fasse usage.
Nos volages repus, délaissent à l'instant
Celles qu'ils adoraient il n'y a qu'un moment,
Puis, sur le châtaignier, s'en vont chanter victoire,
En riant bien de cette histoire.
Quelques-uns des moineaux savaient aussi que là
Existaient d'autres sœurs, et, se disant cela,
Cherchaient partout une crevasse,
Pour pénétrer jusqu'au cœur de la place.
Heureusement ce fut en vain.
Aurait-on becqueté jusques au lendemain,

N'ayez crainte que l'on atteigne
En son fort la moindre châtaigne.
On dit même que nos moineaux
Se blessèrent sur les créneaux.
Le jour suivant, on vit venir le maître
Qui, tout joyeux, arrivait reconnaître
Du cerisier les beaux enfants,
Menant avec lui des chalands
Pour priser cette marchandise,
Afin que son prix l'indemnise
Des sacrifices par lui faits
Pour récolter des fruits parfaits.
On peut juger de sa colère
Et de ce qu'il put dire au père,
Qui, pour conserver ses enfants,
N'avait pas su veiller leurs jeunes ans,
Ce qui, de cerises gentilles,
Avait fait des fruits repoussants
Et bons, au plus, pour des chenilles.
Inutile de dire ici
Que les chalands dirent merci.
Plus tard dans la saison, on vit paraître encore
Le maître du jardin, arrivant dès l'aurore,
Pour visiter le châtaignier,

Et savoir s'il faisait mieux que le cerisier.
Aussitôt on vit l'arbre sage
S'empresser de livrer passage
A des enfants parfaits et bien formés,
Dont tous les sens étaient charmés.
Quand les marchands sur des filles si belles,
Et pouvant servir de modèles,
Eurent fait porter leurs regards,
Ils firent, sans aucuns retards,
Emplette de la marchandise
Que sous leurs yeux on avait mise.

Ici les sens cachés sont assez transparents,
Et cette fable, au fond, ne semble pas nouvelle ;
Mais il est bon qu'on en rappelle
La morale à certains parents.

LE SINGE ET LE CHIEN.

FABLE.

Un singe avec un chien, dans un même logis,
Faisaient les délices du maître,
Et ces animaux bien appris
Savaient ses bons soins reconnaître,
Le chien par sa tendresse et sa fidélité,
Et surtout en veillant sur la propriété.
Quant au singe, il payait bien souvent en grimaces,
En mille méchants tours, mais tous fort efficaces
Pour dérider le front des gens.
Il plaisait à madame, amusait les enfants.
Bref, du salon à la cuisine,
A ces deux animaux on faisait bonne mine.
Tout allait bien, mais il advint qu'un jour
Les maîtres du logis quittèrent ce séjour;
Peu devait durer leur absence,
Mais ce fut grande pénitence

Pour nos deux commensaux, qui promirent pourtant
De supporter au mieux ce voyage attristant.
Voilà donc nos reclus, embarrassés d'eux-mêmes,
Méditant divers stratagèmes
Pour s'amuser, occuper leurs loisirs,
Et combattre leurs déplaisirs.
Le chien ici fut le plus sage ;
Il ne quitta jamais son apanage.
De la maison faisant cent fois le tour :
Ne dormant pas la nuit et dormant peu le jour,
En raisonnable créature,
Il ne força pas sa nature,
Et ce qu'il fit il le fit bien.
Mais le singe, en cela, n'imita pas le chien ;
Il renia ses sauts et ses gambades,
Et ses dons naturels lui parurent trop fades.
Pour se faire admirer de tous les environs,
Il lui vint dans l'esprit d'imiter ses patrons.
Mettant son projet en usage
Il voulut s'attifer comme un grand personnage ;
En effet, sans plus de retard,
A madame il vola du fard
Et s'en barbouilla la figure ;
Puis, voulant se donner une belle tournure,

Il s'affubla d'un corset étouffant,
Et par-dessus d'une robe d'enfant.
Enfin, pour compléter cette belle toilette,
Sous son menton il mit une serviette ;
Ensuite, prenant un rasoir,
Il courut devant le miroir ;
Malgré le secours de la glace,
Il s'escrima tant sur sa face,
Que, comme un pauvre maladroit,
Il écorcha plus d'un endroit.
Voyant son sang et ses blessures,
Il poussa plaintes et murmures,
Tant que le chien, qui l'entendit,
Vite auprès de lui se rendit.
Pendant que cet ami le lèche et le console,
Vint à résonner la parole
Du maître du logis, qui soudain arrivait,
Rentrant plus tôt qu'il ne devait.
Il eut un moment de colère ;
Mais, reprenant son caractère,
Il caressa le chien et lui fit amitié.
Quant au singe, il en rit, mais ce fut de pitié ;
Et, pour apprendre à vivre à cette folle bête,
Il la fit fustiger, des pieds jusqu'à la tête.

Gardons-nous d'imiter ; il vaut mieux être soi.
En copiant autrui l'on n'est que ridicule.
On croit avancer, on recule :
Telle est, pour ce défaut, l'inévitable loi.
Défaisons-nous de la manie
D'emprunter un faux-piédestal,
Et sachons bien que la copie
Ne vaut jamais l'original.

LE PAPILLON ET LES CHENILLES.

FABLE.

Admirant sa parure et ses ailes brillantes,
Un coquet papillon dans les airs voltigeait,
Voyant, avec dédain, des chenilles errantes
Sur la feuille où naguère encore il se logeait.
Bénissons, disait-il, l'auteur de la nature
D'avoir su distinguer mon mérite réel,
En me donnant un corps d'admirable structure,
Avec qui je pourrais m'élancer vers le ciel.
Il ignorait, le pauvre hère,
Qu'il n'était qu'un sot parvenu,
Et que, simple chenille, il n'était devenu
Papillon que pour être père,
Puis, retomber dans le néant,
Dans ce gouffre toujours béant.
Quand il eut butiné sur l'œillet et la rose,
Il pensa qu'à sa gloire il manquait quelque chose.

A sa vieille famille il voulut se montrer,
S'imaginant qu'elle allait l'admirer,
Car il n'entendait plus la traiter en égale.
Il voulait triompher, sauf un peu de scandale.
Il se trompait comme les sots,
Car il fut simplement accueilli par ces mots :
O toi, qui sais si bien renier ta famille,
Enrichi par hasard et non par ton labeur,
Sache donc qu'une digne et modeste chenille
Vaut mieux qu'un papillon, sans cervelle et sans cœur.

LA TULIPE ET LA VIOLETTE.

FABLE.

Je veux d'une tulipe altière
Peindre les grands airs et les traits,
Et vous conter, à ma manière,
L'impuissance de ses attraits.
Déjà, sur sa taille élancée,
Le printemps l'avait su vêtir
D'u n erobe bien nuancée
Et qui lui seyait à ravir.
Disons que de tout le parterre
Elle était la première fleur,
Et ne craignait ni sœur ni frère,
Pour la forme et pour la couleur.
Dès lors, en se voyant si belle,
En véritable enfant gâté,
Notresuperbe demoiselle
Dédaigna l'amabilité,

Croyant que la seule parure
Attirait un adorateur,
Et qu'une belle créature
Pouvait se passer d'un bon cœur.
A quelques pas, en modeste toilette,
On rencontrait, ne cherchant le regard,
Dans son réduit, une humble violette,
Se complaisant sans parure et sans fard.
Par son parfum et par sa modestie
Elle charmait, sans s'en apercevoir.
Elle appelait l'aimable sympathie,
Et sur les cœurs grand était son pouvoir.
Sur le déclin d'une belle journée,
Un papillon, plein d'une tendre ardeur,
Voulait finir sa volage tournée,
En se fixant sur le sein d'une fleur.
En terminant sa course vagabonde,
Il aperçut la tulipe, et soudain
S'en approcha, mais son éclat mondain
Sur lui ne fit impression profonde.
Quand, tout à coup, ô surprise, ô plaisir !
L'enchantement d'une odeur enivrante
Troubla ses sens et lui fit découvrir
Une autre fleur, petite mais charmante.

Entre les deux son choix fut bientôt fait,
Et, préférant la simple violette,
Il se rendit auprès de la pauvrette,
Et de tous deux le bonheur fut parfait.
Ceci s'adresse à vous, jeunes filles légères,
Qui de votre âge heureux négligez les vertus,
Pour ne vous occuper que de creuses chimères,
De modes, de bonnets, de robes, de fichus.
Ce n'est pas en montrant des têtes aussi folles
Que vous arriverez à trouver un mari.
Vous riez de l'avis, mais croyez mes paroles,
Ou plutôt du bon sens ne repoussez le cri.
De la tulipe, donc, goûtez l'historiette :
Fuyez un faux éclat qui ne conduit à rien,
Pour modèle prenez la douce violette ;
En agissant ainsi, vous ferez toujours bien.

LE PERROQUET ET LE MOINEAU.

FABLE.

Un perroquet, tout fier de son savoir,
Dans le parc d'un château tranchait du personnage.
Pourtant un rossignol faisait son désespoir
Quand, par son chant, il charmait le bocage.
A quoi pensent les gens de quitter mon caquet
Pour les roucoulements d'un petit freluquet?
Disait notre important. Est-ce que des paroles
Ne valent pas cent fois ces fariboles,
Ces yu, yu, ces you, you, qui ne signifient rièn ?
Ce langage peut-il se comparer au mien ?
Moi, qui parle français, ainsi que ma maîtresse,
Et dont le moindre mot m'attire une caresse.
Tout ceci fut entendu d'un moineau
Depuis longtemps commensal du château.
Holà ! dit-il, ne méprisons personne.
Vous croyez-vous un docteur en Sorbonne,

Maître Jacquot, pour vos petits discours,
Où vous parlez quelquefois à rebours ?
Sachez que j'ai bonne mémoire,
Bien souvent je vous entendis
Faire un joli salmigondis
De votre ennuyeux répertoire.
Un certain jour, monsieur passant,
Par un singulier amalgame,
Vous dîtes, comme un innocent,
Pour le fêter : Bonjour, Madame !
Et le soir, à votre coucher,
Vous demandiez à déjeuner.
Le lendemain, c'était fête au village
Et l'on vous fit sortir de votre cage.
Vint à passer une procession.
Quand vous vîtes approcher la bannière,
Vous vous mîtes à dire avec componction :
J'ai du bon tabac dans ma tabatière.....
Or, vous convient-il bien, vous, d'un esprit si fol,
De critiquer le rossignol ?
Ce chantre du printemps, dont la langue si belle
Est simplement la langue universelle,
Qui nous touche le cœur, en sachant exprimer,
Sur tous les tons, le mot Aimer !

L'histoire ne dit pas quelle fut la réponse
Du perroquet à cette aigre semonce.
On pense que maître Jacquot
Aima mieux ne répondre mot.
C'est ce qu'il eut de mieux à faire
Devant un pareil adversaire.

Quand dans le monde on voit des perroquets,
On devrait leur faire la chasse ;
Aisément on s'en débarrasse
Avec deux ou trois quolibets.

LA FOURMILIÈRE.

FABLE.

A force de travaux, un essaim de fourmis
S'était construit une demeure.
Ce peuple industrieux tous ses soins avait mis
A la bâtisse intérieure.
On aurait dit, à voir ce petit Vatican,
Qu'un architecte en avait fait le plan.
Rien n'y manquait, ni longues galeries,
Ni logements, ni magasins,
Pour enserrer grains, fruits et sucreries
Qu'on apportait par petits brins.
Passe un enfant qui folâtre et qui muse.
La Fontaine l'a dit, cet âge est sans pitié:
Devant le bâtiment notre gamin s'amuse,
Et de sa canne en détruit la moitié.
Je vous laisse à penser si grande fut l'alarme
Dans le camp des fourmis, à ce coup imprévu.

En face du danger chacun court, chacun s'arme
Pour chercher l'ennemi qu'encore on n'avait vu.
Hélas ! on ne vit rien qu'un dégât effroyable,
Des magasins détruits, des murailles à bas,
Des blessés, des mourants, spectacle pitoyable !
Partout l'affliction et partout le trépas.
On vit lors arriver, en grand aréopage,
Les insectes du voisinage.
Ces innombrables curieux
Voulaient d'abord se repaître les yeux
Du désastre de leurs voisines.
Ils parcoururent les ruines,
Devisant, à grand bruit, des causes, des effets,
Pour rétablir le tout concevant vingt projets,
Sans qu'il vînt à l'esprit de cette populace
Que le plus prompt secours est le plus efficace.
Les fourmis, cependant, se mettaient au travail
Mais n'avaient pour cela qu'un chétif attirail.
L'une d'elles voyant un grand et fort insecte
Qui, parmi ses pareils, tranchait de l'architecte,
Lui montra l'édifice, aux trois quarts compromis,
Et lui dit, en louant ses longs bras et sa force,
Que pour le déblayer il valait cent fourmis.
Mais lui, rejetant cette amorce,

Qui, fort mal à propos, vint blesser son orgueil,
Laissa la cité dans son deuil,
Disant : J'aurais dirigé l'œuvre,
Mais je ne serai point manœuvre :
Cherchez ailleurs des ouvriers.
Cet exemple inhumain fut suivi volontiers.
Pour ne plus voir des gens réduits à la besace,
Chacun cherche un motif pour déserter la place.
L'un avait ses enfants ou sa femme à soigner,
Celui-ci se rappelle une pressante affaire,
Un troisième en justice avait à témoigner,
Un quatrième avait sa ponte à faire.
Un autre remarqua, judicieusement,
Que, bien que la perte fût grande,
Les fourmis n'avaient pas, en cet événement,
Perdu moitié de leur provende.
Enfin, tout en plaignant ce peuple maltraité,
Chacun s'en fut de son côté.
Les fourmis, pour parer à ces malheurs extrêmes,
Durent compter... sur elles-mêmes.
En ce monde on ne voit que des indifférents,
Et du malheur d'autrui fort peu l'on s'embarrasse.
On vient vous consoler, mais c'est pure grimace.
Il faut plus qu'un avis pour secourir les gens.

LA CANNE A SUCRE ET LA BETTERAVE.

FABLE.

Native des pays qu'inonde le soleil,
La canne qui produit le sucre
Semblait un végétal à nul autre pareil,
Et dont rien ne devait outre-passer le lucre.
Toute fière de son succès,
On put voir longtemps cette plante
D'un assez difficile accès
Et d'une humeur fort arrogante.
Oui, seule je produis ce jus délicieux
Qui surpasse en bonté les rayons de l'Hymette,
Se disait-elle, et d'aucun envieux
Je ne dois craindre la lancette.
Je plais à tous ; tous ont besoin de moi,
En santé comme en maladie.
Tous subiront toujours ma douce loi,
Et toujours on verra ma puissance agrandie.

De son empire sur les cœurs
Elle abusa, comme font les coquettes,
Et quelquefois, pour avoir ses faveurs,
Il fallut vider les cassettes.
De ce caractère exigeant
On vit tout le monde se plaindre.
Le riche, pour le sucre, employait trop d'argent,
Le pauvre n'y pouvait atteindre.
Dès lors on chercha le moyen
De se soustraire à cette tyrannie.
C'était là le nœud gordien ;
Et pour le dénouer voilà qu'on s'ingénie.
La loi de la nécessité
Est parfois une loi féconde,
Pour vaincre une difficulté
Elle n'a pas d'égale au monde.
Qui croyez-vous que l'on trouva
Pour secouer ce joug d'esclave ?
Savez-vous qui se dévoua?
Ce fut une humble betterave.
Pendant longtemps on la soumit
A tous les genres de torture,
Qui dirait ce qu'elle souffrit
Dans cette triste conjoncture !

Son pauvre corps fut mutilé,
Le feu tourmenta sa moelle,
Et le peuple, en écervelé,
Toujours ingrat, se moqua d'elle.....
Mais arriva le désiré moment
De couronner un si beau dévouement,
Car des savants la phalange sacrée;
Avait conquis la matière sucrée
La betterave en ses flancs la portait,
On savait l'en extraire, on la cristallisait :
On avait fait enfin du sucre sans la canne !
On avait détrôné cette altière sultane.
Son pouvoir, en un jour, se trouvait renversé;
Trop juste châtiment de son règne insensé.
Même, pour compléter cette insigne victoire
Que le siècle inscrivit aux fastes de l'histoire,
On prouva que jamais la canne n'avait su
Extraire de son sein tout ce qu'elle aurait pu.

Le travail avec lui porte sa récompense,
On peut tout conquérir par la persévérance.
Un bienfaisant génie assure le succès :
Ce génie, ici-bas, se nomme le progrès.

LES SOURIS.

FABLE.

Une soigneuse cuisinière,
Voyant diminuer son fromage et son lard,
Pensa qu'il fallait, sans retard,
Recourir à la souricière.
Pour prévenir de nouveaux attentats,
On eut bientôt monté la fatale machine,
Qu'on mit en tapinois au fond de la cuisine,
Où d'ordinaire on laissait quelques plats.
Dès l'aube, deux souris s'en vinrent d'aventure,
Mettant le nez à l'air, sortant on ne sait d'où,
Cherchant de tous côtés à trouver la pâture
Qu'elles voulaient emporter dans leur trou.
Pour arriver jusqu'à cette conquête
Dedans la souricière on engage la tête,
Lorsqu'à l'instant de perfides ressorts
De nos souris compriment les deux corps :

Qui tout en rongeant la ficelle,
Furent plongés dans la nuit éternelle.
Quelques moments après, une troisième sœur
Vint à passer, pour son malheur :
Que font là ces deux maladroites?
Se dit-elle, en raillant leur sort ;
Comment dans ces loges étroites
Ont-elles pu trouver la mort ?
Il est si facile de prendre
Ce qui se trouve au fond du trou,
Puis de se reculer, que je ne puis comprendre
Comment on y laisse son cou.
Cette souris, présomptueuse et folle,
Aurait bien dû raisonner mieux ;
Mais, hélas ! son esprit frivole
L'empêcha de juger ce que voyaient ses yeux.
Quand, dans tous les cas, la prudence
Lui conseillait de s'abstenir,
Plus forte, son outrecuidance
Dans son dessein vint l'affermir.
Enfin, se croyant plus habile,
Et sur le résultat tranquille,
Son amour-propre l'entraînant,
Elle se fourre incontinent

Dans la lucarne grande ouverte
Où devait s'opérer sa perte.
Après ce triple assassinat
On fit tout manger par le chat.

La souris est ici le triste témoignage
De ce que peut produire un orgueil insensé.
Ce n'est qu'un animal, mais l'homme est-il plus sage ?
Oh ! non. Du moins ce point est fort controversé.
Un exemple, pour lui, c'est bien l'expérience,
Pourtant presque jamais il ne veut s'en servir.
On le voit tous les jours commettre une imprudence
Au mépris de témoins qui viennent l'avertir.

LE COQ ET LE DINDON.

FABLE.

Un coq régnait en paix dans une basse-cour,
Il était adoré de la gent volatile.
Par son chant il charmait ses sujets nuit et jour,
Et sa protection leur était fort utile.
Il aurait fallu voir ce monarque emplumé
Présidant aux repas, apaisant les querelles,
Contre les coups du fort protégeant l'opprimé,
Punissant les oiseaux à ses ordres rebelles !
Depuis longtemps tout allait pour le mieux ;
Mais voici que, par aventure,
Un nouvel arrivé se montre à tous les yeux ;
Et gare pour la paix future !
Ce personnage était un gros dindon,
Bien vain, bien sot, bien flegmatique,
D'esprit n'ayant jamais eu don
Et peu savant sur la logique.

Ce que savait cet étranger,
C'était simplement bien manger,
Se pavaner, faire la roue,
Glousser, pour remplacer le chant;
Enfin c'était faire souvent
Ce que le bon sens désavoue.
Notre coq, dans sa bonne foi,
Voulut le ranger sous sa loi,
Non pour faire du despotisme,
Mais il avait pour aphorisme
Que pour suivre un même drapeau
Il fallait un même niveau,
Sans quoi tout tendait au désordre.
Mais le dindon ne voulait mordre
A ce qu'on faisait pour son bien,
Ou plutôt n'y comprenait rien.
De plus, son humeur volontaire
N'admettait aucune leçon,
Et tous agir à l'unisson
Ne lui semblait pas nécessaire.
On vit bientôt un pêle-mêle affreux.
En peu de jours l'ordre établi s'écroule.
Tout fut gâté par ce gros paresseux,
Du caneton jusqu'à la poule.

Les plus gros plumaient les petits,
Ainsi que dans l'humaine espèce,
Et qui parlait avec sagesse
S'aliénait tous les esprits.
Dans cette triste circonstance
Le coq redoublait de prudence.
Conservant toujours son sang-froid,
Il espérait mener à bien l'affaire,
Mais il se montra maladroit
En voulant, à tout prix, convertir ce faux frère.
A tous ses beaux raisonnements
Le dindon opposait la force d'inertie,
Brisant ainsi les arguments
De toute sa diplomatie ;
Ou, si, parfois il répondait,
Du pauvre coq il enflait l'ire,
Et quiconque les entendait
Ne pouvait s'empêcher d'en rire.
Ce que voyant un vieux canard,
Pour l'esprit valant un renard,
Et qui déplorait cette guerre,
Il dit au coq, risquant de lui déplaire :
Mon cher, je t'adjure, en un mot,
De cesser ce débat, car tu n'y saurais vaincre ;

Quand on raisonne avec un sot,
Jamais on ne peut le convaincre.
Si l'on est assez malheureux
D'avoir un tel antagoniste,
Il faut que le ciel nous assiste,
Nous donnant de l'esprit pour deux.

LA JUMENT ET L'ANESSE.

FABLE.

Je vais conter discrètement
Le beau sermon que fit une jument.
Comme elle était fringante et belle,
Son maître lui fit le présent
D'une fort élégante selle
Et d'une bride à l'avenant.
Voyez au bois comme chacun l'admire,
Quand on la voit s'y présenter,
Et comme plus d'un cavalier soupire
En désirant de la monter.
Elle a le maintien et la grâce,
Sa couleur, sa forme, tout plaît :
Sa vigueur dévore l'espace,
En elle tout semble parfait.
Dans la même écurie on voyait une ânesse
Qui servait quelquefois à la jeune maîtresse.

Son pauvre esprit se mit à réfléchir
Sur les succès de la cavale,
Et, sur-le-champ, elle voulut agir,
Se posant comme sa rivale.
Elle jura d'égaler la jument,
Même surpasser son mérite,
Subordonnant la réussite
A la possession de son harnachement.
A force de cajolerie
Elle obtint du palefrenier,
Qu'il la ferait sortir de l'écurie
Avec le harnais cavalier.
Lors vers le bois on se dirige,
On arrive comme un éclair;
Et l'ânesse rien ne néglige
Pour se composer un grand air.
Elle eut un succès de fou rire
Qui la mit en léger émoi;
Mais notre ânesse, en son délire,
Crut au succès de bon aloi.
Tandis qu'elle pensait qu'on disait des merveilles
De sa parure et puis de sa beauté,
On glôsait fort sur ses longues oreilles,
Sur sa couleur et sur sa parenté.

Cependant elle trotte, arrête, caracole,
En imitant la haute école.
Mais bientôt un mauvais plaisant
S'approcha d'elle, en lui disant :
Ce qu'il vous faut, mademoiselle,
C'est un bât et non une selle...
Ne voyant que des ennemis
A cette outrageante parole,
La pauvre ânesse, presque folle,
S'en revint tout droit au logis.
Quand elle fut rentrée à l'écurie,
La jument, apprenant le cas,
Lui dit : Ce sont tes embarras
Qui font qu'on rit de toi ma chère amie.
Il ne suffit d'un bel ajustement,
Il faut savoir le porter dignement.
Se bien parer est une grande étude,
Beaucoup de gens n'y parviennent jamais.
Il faut avoir une longue habitude
Pour bien porter d'un autre le harnais.

LES DEUX RATS.

FABLE.

Un jeune rat, l'idole de sa mère,
Arrivait à cet âge heureux
Où du plaisir apparaît la chimère,
Où de la liberté l'on devient amoureux.
Il avait pu déjà, dans quelques escapades,
Se soustraire, un instant, au regard maternel,
Qui, dans le jeu de quelques camarades,
Ne voyait rien de criminel.
Il n'avait fréquenté que les bords de sa grange ;
Mais bientôt notre jouvenceau,
Que le besoin de voir et de savoir démange,
Fit connaissance d'un rat d'eau.
Celui-ci, vicieux et plein d'expérience,
De son nouvel ami se porta le Mentor,
Lui proposant entre eux la bonne intelligence

Et de Pollux et de Castor.
Ce fut alors qu'un nouveau monde
S'offrit aux regards étonnés
De notre rat, nouveau Joconde,
Dont tous les sens sont fascinés.
La mère hasarda de faibles remontrances;
Mais le fils, déjà fort de ses succès nouveaux,
Sans perdre le respect, reçut mal ses instances,
Et la mère entrevit, dès ce jour, bien des maux.
Cependant, nos deux rats étaient inséparables,
Ensemble on les voyait courir tous les plaisirs,
Près des jeunes beautés ils faisaient les aimables.
Bref ils n'épargnaient rien pour charmer leurs loisirs.
Le rat d'eau, d'humeur querelleuse,
Par l'autre était bien imité,
Et ce dernier, sortant d'une scène orageuse,
Arrivait au logis souvent fort maltraité.
On jouait, on pillait, on faisait bonne chère,
On riait, on chassait, on courait les tripots,
Et notre jeune rat, n'écoutant plus sa mère,
Ne quittait presque pas les verres et les pots.
Un jour, nos deux amis, dans une promenade,
Aperçurent, au bord de l'eau,
Une ravissante naïade,

Pour nos deux rats friand morceau.
Aussitôt on se précipite
Pour mieux voir ce nouvel objet,
Mais la belle, courant plus vite,
Se jette en l'onde et disparaît.
Ne redoutez rien pour sa vie,
C'était aussi son élément.
Notre belle est bientôt suivie
Par le rat d'eau, franc garnement.
Le jeune rat, par habitude,
Fit ce qu'avait fait son ami :
Avec la même promptitude
A l'onde il s'abandonne aussi...
Hélas ! ce fut sa fin. Le lendemain sa mère
Eut de sa mort la certitude amère.

Ce jeune rat mieux dirigé
Eût eu certainement une belle existence;
Mais son naturel fut changé
Quand d'un mauvais sujet il eut fait connaissance.
Si vos enfants sont parvenus
A l'âge de l'adolescence,
Ne vous faites pas leur Argus,
Mais ne souffrez pas la licence.

Sachez comment ils vont s'unir,
Car, à cet âge de la vie,
Bonne ou mauvaise compagnie
C'est bon ou mauvais avenir.

LES PARASITES.

FABLE.

Les animaux d'une vaste forêt
Sous les lois d'un lion composaient un royaume,
Et ce monarque en régnant s'honorait,
Car du sang de son peuple il était économe.
C'était donc un bon prince et tous ses lieutenants
S'empressaient à l'envi de suivre son exemple.
Il savait vivre en paix avec ses attenants,
Et jamais de Janus on n'entr'ouvrait le temple.
Cependant, comme rien sur terre n'est parfait,
Le monarque, trop débonnaire,
Ne savait prendre sur le fait
Le mensonge d'un mercenaire ;
Quand généraux et gouverneurs
Sont dispersés dans les provinces,
Toujours courtisans et flatteurs
Sont assidus auprès des princes.

On sait, sans être grand devin,
Ce que font là ces parasites :
Ils y distillent du venin,
La grande arme des hypocrites.
Ce rôle est facile à remplir,
Ses résultats sont efficaces,
Il s'agit simplement d'offrir
Les affaires sous d'autres faces.
Le lion employait parmi les animaux
Les plus forts et les plus capables ;
A certains postes honorables
Il avait envoyé deux tigres des plus beaux.
Mais, hélas ! près de sa personne
Restaient un singe et deux renards :
Ces favoris de la couronne
Étaient simplement trois pendards,
Du pauvre souverain tyranneaux domestiques,
Et dont il écoutait trop souvent les critiques.
Ces trois parasites jaloux
Étaient méchants comme des loups.
Pas de jour où l'on ne dénigre
Les actions d'un pauvre tigre.
Le lendemain c'était son compagnon
Qui, sans pitié, subissait ce guignon.

Le monarque, il est vrai, mit de la résistance
A prendre ces propos comme la vérité :
En ses deux lieutenants il avait confiance,
Et ne crut pas d'abord à leur déloyauté.
Cependant chaque jour davantage on insiste,
Le monarque ébranlé se tourmente beaucoup ;
Ce prince confiant de moins en moins résiste,
On vit qu'il était temps de frapper un grand coup.
Les deux tigres avaient, par excès de prudence,
Sur un point menacé rassemblé des soldats.
A ce fait innocent on mit de l'importance ;
Il fut mis au-dessus des plus noirs attentats.
On fit entendre au roi que cette prise d'armes
Annonçait contre lui de coupables projets,
Et les trois courtisans, avec de feintes larmes,
laignaient sincèrement et monarque et sujets.
Enfin on en dit tant avec tant d'artifice,
Qu'on parvint à briser ce fragile édifice,
Qu'on nomme la faveur et que dans cette cour
Les tigres méconnus perdirent dès ce jour.
Le singe et les renards y mirent tant d'adresse
Que le roi, s'étayant d'un motif puéril,
Et prenant pour la force une grande faiblesse,
Envoya, sans délai, les tigres en exil.

Dans tous les états de la vie
Il faut savoir veiller sur vous,
Car vous exciterez l'envie
Et rencontrerez des jaloux.
Ces gens, qui ne savent rien faire,
Savent critiquer ceux qui font,
C'est là leur principale affaire,
Tant leur goût du mal est profond.
Mieux vous ferez votre besogne,
Plus sur vous ils diront de mal :
Envieux et jaloux vous perdront sans vergogne.
On ne saurait trouver plus méchant animal.

LES DEUX JARDINIERS.

FABLE.

Le maître d'un domaine avait deux jardiniers,
Cultivant ses melons, ses raisins, ses pruniers :
Ils se nommaient Antoine et Claude.
Le premier pour la serre chaude
Ne pouvait trouver son pareil.
Le second cultivait les fruits au grand soleil.
Pour le succès de sa culture,
Antoine forçait la nature,
Mais Claude la laissait agir en liberté.
Chacun d'eux avait donc sa spécialité,
Ce qui faisait les délices du maître,
Et de sa vie augmentait le bien-être,
Car, même en la froide saison,
Antoine faisait livraison
De divers fruits presque mangeables,
Augmentant le luxe des tables,

Et des convives le plaisir.
Un jour, nos jardiniers, étant dans le loisir,
Débattaient chaudement leurs différents mérites.
On entendait déjà certains mots insolites.
Aucun, de son côté, ne prétendant céder,
Nos interlocuteurs ne pouvaient s'accorder.
Le point important du litige,
Ce qui leur donnait le vertige,
Était justement de savoir,
Non qui faisait mieux son service,
Mais qui pouvait se prévaloir
De mieux satisfaire l'office.
L'un d'eux prisait fort la primeur
Et l'autre prônait la saveur.
Sur son point chacun argumente,
Sans que l'adversaire consente
A se rendre d'un iota.
Quand, tout à coup, le maître s'arrêta
Non loin des lieux où se passait la scène.
Il était pour tous deux comme un autre Mécène.
Nos jardiniers le prièrent, soudain,
De rendre entre eux jugement souverain.
Ayant de leurs débats pris ample connaissance,
Le maître sur-le-champ prononça la sentence.

Tous deux vous remplissez fort bien votre devoir
Et dans votre travail vous montrez du savoir,
Leur dit-il, et je sais rendre à chacun justice.
Vous pouvez bravement tous deux entrer en lice.
Mais n'est pas là l'intérêt du débat.
Cet intérêt est dans le résultat.
Si nous examinons ce point de notre affaire,
Nous rencontrerons, d'un côté,
Quelque chose de neuf et d'extraordinaire,
Satisfaisant la vanité;
Mais n'allant pas plus loin, car les fruits de la serre
Ne ressemblent en rien aux doux fruits que la terre
Fait mûrir lentement aux rayons du soleil.
Qui pourrait remplacer ce divin appareil?
Antoine me fait rire avec sa serre chaude.
Il produit, à grands frais, de pauvres avortons;
Mais trop rapidement ont éclos leurs boutons.
Ses fruits n'ont pas en eux les sucs des fruits de Claude.
Ils sont pâles et verts et jamais les gourmets
Ne porteront leurs vœux sur de semblables mets.

Tout naturellement, cette légère histoire
Nous conduit à penser à ces pauvres enfants
Merveilles de talents, prodiges de mémoire,

Tout bourrés de savoir, un instant triomphants.
On se hâte trop tôt de charger leur cervelle ;
Leur esprit reste aveugle et ne va qu'à tâtons,
Leur éducation n'était qu'accidentelle.
Comme les fruits d'Antoine, ils sont des avortons.

ENFANCE.

Laissez venir à moi les petits enfants.

Muse, il faut revêtir la robe d'innocence.
Je veux, guidé par toi, méditer sur l'enfance.
L'enfance! comprends-tu quel doux ravissement
Va répandre en mon âme un sujet si charmant?
L'enfance! c'est pour moi comme une sainte chose,
Et tout en l'admirant, c'est à peine si j'ose
Y porter le regard, la presser sur mon cœur,
Tant je crains d'effeuiller cette pudique fleur.
Mais je m'effraye à tort, mon scrupule est extrême :
On ne saurait jamais flétrir ce que l'on aime.

On divise l'enfance en âges différents.
Dans le premier on voit les marmots vagissants,
Le suivant est celui de la seconde enfance,
Le troisième déjà tient à l'adolescence.
Les charmes du second sont pour moi plus touchants.
Cet âge heureux devient le sujet de mes chants.

Je ne trouve qu'en lui ce joli petit être
Qui de mes sentiments a su se rendre maître.
Plus tôt il est trop jeune et plus tard trop âgé :
A chérir ce milieu je me sens engagé.
C'est alors qu'échappé des bras de sa nourrice,
L'enfant, ne connaissant la vertu ni le vice,
Suit admirablement cet instinct naturel
Précédant la raison et premier don du ciel.
On le voit, animé d'une aimable folie,
S'ouvrir avec fracas les portes de la vie.
Il est à ce moment comme le papillon
Qui parvient à briser son étroite prison.
Il voltige, va, vient, court, tombe, s'évertue :
Pour lui c'est un besoin, il faut qu'il se remue.
Mais quelle grâce innée en ces petits lutins !
Quel spectacle attrayant que leurs jeux enfantins !
Les voyez-vous bondir, contents de leurs malices,
Et vous émerveillant de leurs joyeux caprices?
Tout en eux nous séduit, tout leur ouvre nos cœurs.
Ils sont intéressants dans les ris, dans les pleurs.
Nous les aimons sans frein, sans règle, sans mesure.
En cela nous suivons la voix de la nature.

La raison, cependant, nous fait apercevoir
Qu'à côté de l'amour se trouve le devoir,

Qu'un enfant n'aura pas toujours son innocence;
Que nous devons guider sa jeune intelligence,
Développer en lui l'amour de la vertu
Et faire qu'à jamais le vice en soit exclu.

O vous, à qui le ciel donne la grande tâche,
La sainte mission de veiller sans relâche
Aux besoins, au bien-être, au bonheur d'un enfant,
Aimez, je le conçois, ce petit innocent;
Mais pensez bien aussi qu'il lui faut autre chose
Que de tendres baisers sur son corps blanc et rose,
Et que certainement vous l'aimeriez fort mal
Si vos soins ne tendaient à former son moral.
C'est là, vous le sentez, surtout ce qu'il faut faire
Pour conduire avec fruit votre œuvre tutélaire.:
Hâtez-vous de semer afin de recueillir.
Il n'est jamais trop tôt d'assurer l'avenir.
Rester indifférent vous rendrait trop coupable;
Du mal qui s'ensuivrait vous seriez responsable.
Le moment est propice, entrez dans l'action.
Le cerveau de l'enfant n'a nulle impression,
A vous il appartient de pétrir cette argile.
J'en fais ici l'aveu, cette œuvre est difficile;
En ce chemin obscur l'homme le plus sensé
Pour éclairer vos pas serait embarrassé.

Qui jamais oserait régler cette matière,
Ou même proposer telle ou telle manière,
Imposer des avis, ou donner des conseils,
Quand parmi les enfants aucuns ne sont pareils?
Qu'en chacun vous trouvez un nouveau caractère,
Que chaque enfant pour vous est un nouveau mystère,
Tellement qu'on pourrait penser que le hasard
Aura dans le succès une trop grande part...
Pour faire tout ce bien qu'on ne saurait vous dire,
Adressez-vous à Dieu, priez qu'il vous inspire!

Il est d'utiles lieux, nouvellement créés,
Où les soins maternels sont presque suppléés.
Là vous rencontrerez de bons auxiliaires,
Des aides bienveillants et non des mercenaires.
Le sexe dévoué, qui porte un si bon cœur,
Est là tout à la fois gardien et professeur.
Vous pouvez hardiment abandonner l'enfance
A ses soins assidus, à son intelligence.
Pour peu de temps d'ailleurs vos gentils chérubins
Sont ainsi chaque jour remis en d'autres mains.
Pour la mère et l'enfant cette légère absence
Du bonheur de se voir double la jouissance,
Puisqu'on ne peut trouver plus doux gages d'amour
Que ceux qu'après l'absence on se donne au retour.

Usez de cet endroit, en bons fruits si fertile
Conduisez vos enfants à la salle d'asile.
Là ces doux rejetons, sans mal, sans embarras,
Dans ce monde trompeur feront les premiers pas ;
Ils y rencontreront de jeunes camarades,
Pour échanger nanans, jouets, même gourmades,
Utile enseignement ayant plus d'un rapport
Aux bons et mauvais jours que leur garde le sort.

Pour rendre à vos enfants cet asile propice,
Des moyens qu'en emploie admirez l'artifice :
C'est tantôt par des chants et tantôt par des jeux
Qu'on sait les amener à ce qu'on attend d'eux,
Et leur activité, que sans cesse on dirige,
Sur eux-mêmes leur fait opérer le prodige ;
On écarte l'épine, on leur laisse la fleur.
Au lieu de la contrainte ils trouvent la douceur.
Ce qu'on exige d'eux ne saurait leur déplaire :
Ce n'est pas le travail, c'est son plus jeune frère.

C'est par de tels moyens, prudemment combinés,
Que des sens trop fougueux sont bientôt dominés.
L'enfant se rend, plus tôt qu'on ne se l'imagine,
Aux lois de la raison et de la discipline.
Sur un plus grand théâtre, avant de s'en douter,
Il se met en état de pouvoir débuter.

Et n'est-ce pas beaucoup s'il prend des habitudes
Qui faciliteront de réelles études?
Mais déjà votre enfant, fréquentant cet endroit,
Sur tous ses devanciers l'emporte à plus d'un droit,
Car à l'âge où ceux-ci n'avaient aucun principe,
A maints enseignements son esprit participe,
Il reçoit sans fatigue, à titre d'agréments,
D'ordre et de propreté, les premiers éléments.
On le fait raisonner, chanter, compter, et lire.
Tout ce qu'il apprend là ne saurait se décrire.
Mais, avant toute chose, il apprend en ce lieu
A bénir ses parents, à connaître son Dieu,
A lui faire souvent sa modeste prière.....
Vous-même, dites-le, que pourriez-vous mieux faire?

O chers petits enfants, idoles de mon cœur,
Que ne puis-je sur vous arrêter le bonheur,
Et, pour votre avantage, usant de prévoyance,
Prolonger, à mon gré, votre âge d'innocence!
Désirs inopportuns, inutiles souhaits,
L'impitoyable temps ne s'arrête jamais.
Il vous entraînera, dans sa marche rapide,
Vers des âges nouveaux, dont l'enfance est avide.
A peine en aurez-vous outre-passé le seuil,
Que vous rencontrerez déjà plus d'un écueil,

Plus vous avancerez, plus vous aurez d'orages,
Plus vous verrez sur vous passer d'épais nuages...
Dieu vous préserve, au moins, d'un trop malheureux sort
Et vous fasse aisément arriver jusqu'au port !

LA CANINOMANIE.

J'entreprends un discours qui me rend tout perplexe:
Je vais, pour un instant, vous parler du beau sexe.
Mais d'abord je m'explique et, sitôt mon début,
Je veux discrètement vous découvrir mon but.
Ce but, croyez-le bien, n'a rien que de louable,
Il est édifiant, c'est un but charitable.
Cependant, quand on touche à ce sexe charmant,
On craint de s'attirer son mécontentement.
D'un pareil résultat que le bon Dieu me garde!
Mais parlons clairement, car je vois qu'il vous tarde
De savoir le sujet de ce court entretien.
Eh bien! sachez-le donc... je vais parler de chien;
Vous pensez, à ce coup, que de vous je me moque.
Je vous respecte trop. Quittons cette équivoque.

Le sexe dont les yeux font tant de passions,
A, malheureusement, ses aberrations.

Qui de nous n'en a point? tous avons nos faiblesses,
Et parfois nous faisons même des petitesses.
Celle dont avec vous je veux parler ici
Peut, en très-peu de mots, se définir ainsi :
C'est l'amour excessif et la folle tendresse
Que pour un vilain chien a sa folle maîtresse.
Vous voyez dès l'abord que ce grave sujet
N'atteint toute la gent qui porte le corset,
Car il en est très-peu, j'aime à le reconnaître,
Qui s'oublie à ce point et d'un chien s'enchevêtre.
Cependant il en est plus qu'il n'en faudrait voir,
Et, dans ce faible essai je me fais un devoir
De chercher simplement, sans fiel, sans félonie,
A quoi peut entraîner cette étrange manie.

Comment du genre humain la plus belle moitié
Peut-elle sur un chien déverser l'amitié?
Que dis-je l'amitié ? c'est quelquefois plus tendre,
Et le doux nom d'amour me ferait mieux comprendre.
En agissant ainsi vous tombez dans l'erreur.
Ah! si le sentiment, débordant votre cœur,
Vous donne faim d'aimer, ô femmes secourables,
Voyez autour de vous, vous avez vos semblables!
Des parents, des voisins, des enfants, des vieillards,

Pour des êtres humains réservez vos égards,
Mais n'allez pas, du moins, par humeur décevante,
Vous faire de vos chiens la très-humble servante.

Cependant poursuivons, entrons dans le détail
De vos bons traitements pour votre cher bétail ;
Disons dans quels travers le zèle vous engage,
Et comment vous menez ce gentil tripotage :

On baptise d'abord d'un petit nom bien doux
L'animal qui bientôt sera plus qu'un époux.
C'est Bichon, Simia, c'est Muscade ou Lolote
Qu'on accable de soins, qu'on baise, qu'on dorlote.
Sur leur tête chérie on cherche les moyens
De fixer le bonheur, d'attirer tous les biens.
L'une en son propre lit fait reposer sa chienne,
L'autre d'un paletot enveloppe la sienne.
On transforme en enfants ces pauvres animaux ;
Il faut que pour leur bien ils souffrent mille maux.
Enfin, on les condamne à la sotte figure
Que l'on fait ici-bas quand on fuit la nature.

Encore si du moins en elles seulement
Nos dames renfermaient un si bel engouement,
On pourrait, en ce cas, avoir quelque indulgence :

Puisque c'est peu pécher que pécher en silence.
Mais, pour notre malheur, il n'en est pas ainsi :
Ce qu'on adule tant, on nous l'impose aussi.
Il nous faut de leurs chiens admirer la figure,
La grâce, le maintien, l'instinct, la belle allure.
De ces dames il faut entendre les soupirs :
Il nous faut partager leurs peines, leurs plaisirs,
Et leur empressement et leur inquiétude,
Lorsque l'être chéri tombe en décrépitude.
Cela ferait douter, à d'autres qu'un chrétien,
Qui raisonne le mieux, la maîtresse ou le chien.
Comment donc s'empêcher, après tant de sottise,
D'avoir, dans son dépit, un moment de franchise?

Si nous étions au temps où les bêtes parlaient,
Quelle bonne leçon nos dames recevraient !
J'aime à croire, dès lors, que, prenant la parole,
Voici ce qu'à peu près leur dirait leur idole :

Oua, oua, ouap ! houp, houp, houp ! dussé-je être tondu,
Houp, houp, houp ! oua, oua, ouap ! je veux être entendu.
Vous vous méprenez fort, ô ma chère maîtresse,
Sur ce qui doit pour moi montrer votre tendresse.
D'abord, vous le saurez, vous êtes sans raison
Quand de votre logis vous faites ma prison.

Croyez-vous que le ciel m'ait donné quatre pattes
Pour rester nuit et jour couché dans vos pénates?
Et qu'outre qu'il me faut vaquer à mes besoins,
Je n'aie pas encore à prendre d'autres soins?
Dois-je, pour recevoir une folle caresse,
Renoncer au bonheur d'aller voir mon espèce?
Si vous avez passé le beau temps des amours,
Faut-il qu'au célibat je consacre mes jours?
Pensez-vous qu'entre chiens nous n'ayions l'avantage
De prendre, comme vous, plaisir au caquetage?
J'aimerais fort courir, jouer en liberté.
Tout cela, dites-moi, n'est-ce pas la santé?
Loin de là, votre amour est pour moi l'esclavage;
Vous voir et vous lécher est mon triste apanage.
Vous m'ôtez l'exercice et, pour comble de maux,
Il faut qu'à tous moments j'emplisse mes boyaux.
Vous me rassasiez de pâtée indigeste,
Pour surcroît de dégoût, vous grondez s'il en reste.
Par ce régime affreux, je deviens gras et lourd
Et mon ventre, au besoin, servirait de tambour.
Bientôt mon embonpoint se change en maladie,
Et vous jouez alors une autre comédie :
Vous prenez mon dîner chez le pharmacien.
Ah ! les médicaments sont-ils faits pour un chien?

Je dois boire et manger selon votre caprice,
Vos soins, peu raisonnés, augmentent mon supplice.
Quant à moi, je le dis : vaudrait mieux être loup
Que d'être chien gâté. Oua, oua, ouap! houp, houp, houp!

Voilà, j'en suis certain, quelle serait la plainte
D'un chien qui parlerait franchement et sans crainte.
Ces mots, d'un animal aussi bien inspiré,
M'ont servi d'arguments, et je lui sais bon gré.
Ils sont venus aider mon impuissante verve,
Et sont arrivés là comme un corps de réserve.
Ainsi vous le voyez, si les bêtes parlaient,
Mieux que certaines gens elles disserteraient.

Puisse-t-il résulter de cette œuvre badine
Un adoucissement pour la race canine !
Mes dames, je vous prie, agissons de concert...
Mais, je le sens trop bien, je prêche en un désert ;
Et quoique d'un beau feu je brûle pour leurs bêtes,
Les dames, je le sais, n'en feront qu'à leurs têtes :
C'est l'usage constant de ce sexe enchanteur.
Ne suivre aucun avis est pour lui le bonheur.

DÉSENCHANTEMENT.

Relégué dans les champs, loin du bruit de la ville,
J'avais cru qu'on pouvait prendre un plaisir facile,
Et charmer ses loisirs aux bords des clairs ruisseaux,
En faisant résonner de champêtres pipeaux.
Il me paraissait beau de chanter la nature
En ayant sous les yeux sa sublime figure.
Je pensais qu'en voyant de près sa majesté,
Les vers arriveraient avec facilité.,..
Vain projet ! car Phœbus, dédaignant mes instances,
Ne m'a rien inspiré que des réminiscences.

On a tant abusé du zéphyr et des eaux,
Des jardins, des forêts et du chant des oiseaux,
On en a tant prôné les charmes ineffables,
Que de pareils sujets sont presqu'inabordables.
Qu'en dire de nouveau quand les maîtres de l'art
Nous crient incessamment : Vous arrivez trop tard.

Laissez là désormais et l'églogue et l'idylle.
Moissonner après nous est par trop difficile.
Gardez-vous d'imiter cette foule d'auteurs
De nos chants immortels pâles imitateurs.
Ils traînent avec eux l'œuvre du plagiaire :
D'en augmenter le nombre il n'est pas nécessaire ;
Et si faire des vers a pour vous des appas,
Choisissez un sujet qu'on ne connaisse pas.

Quelle dérision ! que c'est facile à dire !
En est-il sur lequel il soit nouveau d'écrire ?
Tout n'a-t-il pas été dit, redit, épuisé ?
Et de quoi, s'il vous plaît, n'a-t-on pas abusé ?
N'a-t-on pas déclamé sur toute la nature ?
A-t-on mis en oubli la moindre créature ?
Tout est décrit cent fois et la terre et la mer,
Que n'a-t-on pas écrit sur le ciel et l'enfer !
On a peint à nos yeux la fraîcheur du bocage,
On nous a présenté la fureur de l'orage,
Et les quatre saisons, de leurs riches couleurs
Ont gorgé l'appétit de tous nos rimailleurs,
Sur quoi voulez-vous donc, grand Phœbus, que j'écrive ?

A peine eus-je poussé cette plainte naïve,
Qu'un rire prolongé, que soudain j'entendis,

Me força de rougir de mon salmigondis,
Et doutant, à bon droit, si je dors ou je veille,
Ces mots distinctement m'arrivent à l'oreille :

Quand on veut me servir et vivre sous mes lois,
Il ne faut pas ainsi se trouver aux abois ;
Il faut plus de raison, surtout plus de génie :
J'entends que l'on s'inspire et que l'on s'ingénie.
Pour tirer un sujet de ton pauvre cerveau,
Vas-tu battre tes flancs et suer sang et eau ?
Après tout, malheureux, qui te force d'écrire ?
Quand on n'y connaît rien, c'est un rude martyre.
Et je n'appelle à moi, tout bien considéré,
Que ceux qui sont atteints d'un peu du feu sacré.
Cependant tu me plais, je te crois du courage :
Dans la sainte phalange aujourd'hui je t'engage.
Tu n'y figureras que dansle dernier rang,
Mais cela t'autorise à répandre le sang
Que va puiser la plume au fond de l'écritoire.
Puisque cela te plaît, fais-y ton purgatoire.

Mais revenons un peu sur ton brillant projet :
Tantôt, je m'en souviens, tu cherchais un sujet.
Je veux t'en donner un qui lui seul en vaut mille.
Il a deux bons côtés, l'agréable et l'utile.

Et, bien que maints auteurs en usent tour à tour,
Il est toujours nouveau, renaissant chaque jour.
Vois combien en cela je te suis secourable,
J'indique à ton génie un texte inépuisable
Sur lequel tu pourras t'étendre avec excès.
Si tu sais l'employer, je réponds du succès.
Jamais d'aucun auteur il n'a trompé l'attente.
Pour trouver un sujet lors plus ne te tourmente.
C'est à toi maintenant de bien faire valoir
Celui que tu tiendras de mon puissant vouloir.
Ce sujet, qui devra te payer de tes peines,
C'est de mettre en relief les *sottises humaines* :
De ce thème fameux, y passâ-t-on ses jours,
On ne pourrait jamais sonder tous les détours.
Ainsi donc en cherchant dans l'humaine cervelle,
Tu pourras acquérir une gloire immortelle...

Le Dieu parlait toujours ; mais plus je n'entendais.
La tâche était trop lourde et je m'en défendais.
Pour mon faible savoir c'était dose trop forte.
Je sentis, tout à coup, que ma verve était morte.
Je compris que Phœbus, en me dictant sa loi,
Pour mon peu de valeur s'était moqué de moi ;
Qu'il m'avait proposé cette œuvre trop profonde,

Que peut seule entreprendre une plume féconde,
Pour me démontrer mieux par cette fiction,
Que de moi j'avais eu trop bonne opinion.

J'acceptai bravement une leçon utile
Que m'avait fait donner mon esprit infertile,
Et dis, reconnaissant mon incapacité :
Je ne rimerai plus : je suis désenchanté.

BOUTADE.

« Les envieux mourront, mais non jamais l'envie, »
Nous a dit autrefois un auteur de génie.
Raisonnons sur ce mot, si plein de vérité,
Pour en mieux concevoir la force et la beauté,
Et puisqu'au cœur humain lisait si bien Molière,
Qu'il daigne nous fournir un rayon de lumière.
Nous pourrons essayer, avec un tel appui,
De parler quelque peu des hommes d'aujourd'hui.

Les hommes d'aujourd'hui, dont on nous dit merveille,
Ressemblent beaucoup trop aux hommes de la veille,
Et, malheureusement, on doit être certain
Que de pareils encore on trouvera demain.
S'il en est quelques-uns dont la tête progresse,
Ce n'est presque jamais pour trouver la sagesse.
Sur la morale enfin, malgré d'autres succès,
Les hommes, je le dis, sont loin d'être en progrès.

Je ne puis les flatter en ma misanthropie ;
Les peindre tels qu'ils sont est ma monomanie ;
Et j'entreprends ici de montrer à vos yeux,
Pour les connaître bien, les traits de l'envieux.

Nous voyons tous les jours cette race féconde
Sans cesse renaissant pour le malheur du monde.
Véritable fléau pour la société,
Et d'esprit comportant la médiocrité,
Toujours un envieux est bouffi de sottise ;
L'ignorance est son lot et l'orgueil sa devise.
Désireux et jaloux des qualités d'autrui,
Il l'éclipse, s'il peut, pour ne montrer que lui.
Enfin un envieux pousse l'extravagance
Jusqu'à nous accuser de son insuffisance.

Pourtant reconnaissons qu'on n'est pas orgueilleux,
Médiocre, méchant, ignorant, vaniteux,
Parce qu'on a le cœur possédé par l'envie.
Non. Nécessairement cette triste manie
N'arrive qu'à la suite et parce que nos sots
En eux-mêmes déjà recélaient ces défauts.
Ainsi ce vice affreux, qui dès lors les gouverne,
N'était, à son début, qu'un vice subalterne
Né des autres défauts dont il devient l'égal,

Et qu'il ne tarde pas à surpasser en mal.
Parmi les passions que le ciel nous impose
L'envie est un effet et non pas une cause :
Et l'on ne verra pas l'homme judicieux,
Spirituel, instruit, devenir envieux.

Il arrive parfois qu'un défaut ou qu'un vice
Autrement dirigé s'épure et s'ennoblisse.
Comme il ne faut souvent qu'un peu de volonté
Pour qu'un honteux défaut soit de nous rejeté,
Ainsi l'ambition, l'orgueil, si détestables,
Peuvent se transformer en qualités louables ;
Mais l'envie avec nous ne transige jamais,
On ne peut extirper ce qu'elle a de mauvais :
C'est le fruit d'une ignoble et basse jalousie.

On sent donc à quel point méprisable est l'envie ;
Cependant, à bon droit, on reste confondu,
Quand on trouve partout son venin répandu.
De trop de cœurs humains l'envie est le partage,
Il est des envieux n'importe à quel étage ;
Il en est de petits comme il en est de grands,
On en voit de tout âge, on en voit de tous rangs.
Malgré sa vileté, cette race ambiguë,
Qui se farde si bien, n'est pas assez connue,

Et trop souvent on voit l'envieux parvenir,
Alors que l'homme droit a peine à réussir.

Sur cet ample sujet, si je voulais m'étendre,
Je devrais maintenant dans les détails descendre,
Et, leur faisant subir l'épreuve du grand jour,
Mettre chaque envieux en scène, tour à tour.
J'aurais à vous montrer par trop d'ignominie :
Vous auriez de portraits trop longue galerie.
Abrégeons ce récit, car je ne prétends point
De votre attention abuser à ce point.
Pour mettre d'un seul coup fin à mon bavardage,
Je peindrai seulement l'envieux de village,
En ayant sous les yeux un type tout parfait.

Dans un village, donc, un envieux était.
C'était un envieux tout plein de suffisance,
Bien sot, bien entêté, d'une extrême ignorance ;
Il avait richement les vertus de l'emploi ;
En pays d'envieux digne enfin d'être roi.
On le connaissait peu, comme c'est d'ordinaire.
Il savait se masquer pour les yeux du vulgaire ;
Mais sur lui bravement jetant leur dévolu,
Des malins du pays dans son cœur avaient lu,
Y découvrant soudain de si vilaines choses

Qu'ils voulurent bientôt en découvrir les causes.
Un meilleur examen fixa nos curieux.
Celui qu'ils observaient n'était qu'un envieux :
Encore un envieux de la plus laide espèce,
Tant il avait le cœur rempli de sécheresse.

Notre homme avait pourtant largement ce qu'il faut
Pour rester à l'abri d'un semblable défaut.
Possédant la santé, gâté par la fortune,
Ayant eu bonne part aux honneurs de commune,
Qu'il pouvait vivre heureux s'il eût eu du bon sens
Et si d'adroits flatteurs il n'eût goûté l'encens !
Mais les travers nombreux de ce petit génie
Le livrèrent sans peine aux tourments de l'envie.
Dans le but de couvrir sa propre nullité,
Il envia tous ceux dont la capacité
Pouvait en l'approchant éclipser son étoile,
Ou de son faux esprit faire tomber le voile.
Il jalousa tous ceux qui pouvaient le juger ;
Dans leur moindre contact il voyait un danger,
Et, maladroitement il s'empressa de rompre
Avec ceux dont le sens ne se voulait corrompre.
Il aima mieux, enfin, la louange des sots
Que d'hommes éclairés le langage et les mots.

Pour éloigner de lui ceux que son cœur déteste,
Tout moyen lui fut bon dans sa haine funeste.
Il brisa tout à coup liaisons, amitié ;
La gratitude aussi le trouva sans pitié.
Un fou n'eût pas tenu sa bizarre conduite,
Mais il eut la douleur de reconnaître ensuite
Combien ce faux manége avait peu réussi
Et que de son aigreur on n'avait nul souci.
On eût dit en effet que, pour malheur extrême,
Les armes qu'il forgeait tournaient contre lui-même.
Les fureurs de l'envie affectant son moral,
Tout homme raisonnant lui semblait un rival.
Bientôt la passion dont son âme est la proie
Le conduisit trop loin dans une triste voie,
Car pour perdre à coup sûr ceux qu'il ose envier
Il en vint jusqu'au point de les calomnier,
Et l'envie en son cœur sonnant toujours l'alarme,
De la délation il se fit une autre arme,
Mais en vain ; par bonheur il ne put réussir.
Après tous ces échecs que va-t-il devenir ?
De sa passion même il sera la victime,
Comme fut le serpent voulant mordre la lime.

On voit par ce portrait, fait sur la vérité,

Combien un envieux doit être détesté,
Et combien nous devons fuir la noire furie
Qui cause tant de maux et que l'on nomme envie,
Tourment du mauvais cœur qui veut bien la nourrir,
Et qui, pour nos péchés, ne doit jamais mourir.

LA MODE.

O toi ! du genre humain souveraine déesse,
Qui sais si bien trôner dans la vieille Lutèce,
D'où tu dictes tes lois à cent peuples divers,
Je veux en ton honneur essayer quelques vers.
Je veux examiner avec quel artifice
Tu nous tiens asservis à ton moindre caprice.
Je ne prétends ici tes arrêts contester,
Sachant qu'aucun mortel ne peut te résister.
Qui jamais oserait, ô moderne Protée,
Chercher à dominer ta force redoutée,
Quand l'arme devant qui tout tremble et tout fléchit,
Le ridicule, enfin, t'élève et t'enforcit !
Ah ! plutôt pour ta gloire, en disciple fidèle,
Montrons notre ferveur, déployons notre zèle,
Et, sans nous prononcer sur ton utilité,
Il nous faut rendre hommage à ta divinité.

Cependant discourons : on a beaucoup à dire
Quand on a parcouru ton despotique empire,
Et, si l'on examine, on demeure étonné
De te voir disposer de l'homme sitôt né.
Remarquons, en passant, que ce qu'on nomme mode
N'est pas toujours humain, ni joli, ni commode.
Eh ! d'abord que t'ont fait ces malheureux enfants
Que, pour suivre ta loi, mutilent leurs parents ?
Ici, pour l'embellir, c'est le front qu'on déprime,
Là c'est un peu de chair que sur eux on supprime :
On repétrit le crâne, on aplatit le nez :
C'est à qui changera l'aspect des nouveau-nés.
Ils rencontrent partout des modes ennemies,
En les emmaillottant on les change en momies ;
En de certains pays les pieds sont comprimés ;
En d'autres on extrait des objets innommés.
On perce également le nez ou les oreilles,
On se livre, en un mot, à mille autres merveilles
Qu'aveugle on exécute en ne sachant pourquoi,
Si ce n'est qu'on t'honore et qu'on agit par toi.

Si quelqu'un avait dû s'épargner ta torture,
C'était assurément l'homme de la nature ;
Car, que pouvait pour toi l'homme qui vivait nu

Dans le brûlant climat d'un pays peu connu ?
Eh bien ! pour t'emparer de ce peuple sauvage,
Ton esprit inventif créa le tatouage.
De bizarres dessins on vit lors le réseau,
Nonobstant la douleur, s'étendre sur la peau.
Le sauvage, avec toi, put, dans sa gueuserie,
Se pavaner aussi dans la coquetterie.
Ajoutant à cela des anneaux, des pendants,
Des plumes, des colliers, des bracelets de dents,
Se teignant les sourcils, les yeux et la mâchoire,
Il devint ton esclave et dut chanter ta gloire.

Mais laissons de côté tes exploits si lointains ;
Examinons plutôt ceux qui nous sont prochains.
Ne sortons pas ainsi du beau pays de France ;
C'est là que nous verrons ton entière puissance.

Il faut bien l'avouer, quand tu règnes ici
Au beau sexe tu sais donner plus de souci ;
Et, si l'on connaît bien tes nombreuses prouesses,
Pour un prêtre on te voit plus de mille prêtresses.
Pour te donner des soins que d'employés divers
Nous voyons fourmiller en ce vaste univers !
Et puis, pour t'adorer, que d'innombrables temples !
Qu'ils soient plus ou moins beaux, qu'ils soient plus ou moins amples,

Et quoique tes faveurs ne s'y donnent gratis,
De dévots très-fervents ils sont toujours remplis.
On s'imaginerait, en les voyant tous faire,
Que la mode est pour eux la principale affaire :
Et de fait pour beaucoup, qu'on ne s'y trompe pas,
La mode est une idole et seule a des appas.

Avant que d'en parler et d'en ouvrir le code,
Il faudrait définir ce que c'est que la mode.
Définir, ai-je dit, définir ! malheureux !
Comment donner une âme à ce corps vaporeux ?
Et qui peut se flatter de saisir au passage
Ce qui n'est qu'un caprice et qu'un léger nuage ?
La mode, disons-le, c'est tout et ce n'est rien,
Et ce rien ou ce tout est le souverain bien.
C'est un être enchanteur par qui tout charme et brille,
Qui sait ensorceler matrone et jeune fille.
C'est un torrent fougueux qui va tout emporter,
Nos vœux ni nos efforts ne peuvent l'arrêter.

Quel charme, cependant, quel aimable délire
Nous enivre à ton nom et vers toi nous attire !
Quel trouble nous enchante et nous vient agiter !
Il semble que sans toi rien ne puisse exister.

Malgré nous tu deviens l'objet de notre culte,
Et nous courbons la tête, à ta puissance occulte.

C'est qu'il faut reconnaître avec sincérité
Que souvent ton caprice ajoute à la beauté,
Et que, malgré le fiel qui réside en notre âme,
Tu ne saurais toujours encourir notre blâme.
Ce qu'on déteste en toi, c'est ta propension
A devenir soudain exagération,
C'est qu'en nous apportant très-peu d'objets utiles,
Tu sais nous inonder de cent choses futiles ;
De plus, et c'est pour nous un notable grief,
De la famille, enfin, tu désoles le chef,
Qui, malgré son ardeur et ses travaux d'Alcide,
Ne suffit à combler ton exigence avide.
Mais ce qu'on aime en toi, c'est que sous ton drapeau
Notre esprit si léger voit toujours du nouveau ;
C'est que rien ne valut ta grâce enchanteresse
Qui parfois est beauté, parfois est gentillesse.
C'est ton air si coquet, ta constante fraîcheur
Qui font si bien valoir la forme et la couleur ;
C'est que, partant de toi, la moindre bagatelle
A le don précieux d'embellir une belle ;
C'est que, sans y songer, produisant d'heureux fruits,

Tu fais de l'industrie écouler les produits,
Et qu'en nous imposant tes folles peccadilles
Un seul de tes écarts fait vivre cent familles.
Voilà, nous l'avouons, de quoi te pardonner,
Quand tes nombreux défauts t'auraient fait condamner.

Jadis il existait un vénérable usage
Qui prouve qu'en ce point on était bien plus sage :
Ce que nous appelons vêtement nuptial
Conservait, pour longtemps, ce titre spécial ;
Et, devenant alors un meuble de famille,
De l'aïeule passait à la petite-fille.
On est loin maintenant, est-ce un bien, est-ce un mal ?
De cet usage antique et tout patriarcal.
Je ne saurais blâmer que chez nous on progresse,
Je sais qu'un vieil habit sied mal à la jeunesse ;
Je ne veux imposer un habit trop usé ;
Mais de son changement n'a-t-on point abusé?
Croit-on réellement qu'il nous soit nécessaire
D'avoir autant d'habits qu'un tailleur en veut faire ?
Devra-t-on me trouver d'autant mieux habillé
Que j'aurai dans un an plus de drap gaspillé ?
Et faut-il que d'un bal ma femme se dérobe,
De peur d'aller montrer deux fois la même robe ?...

C'est pourtant à ce point que l'on est parvenu,
Sauf à manger son fond avec son revenu.

Pauvres gens ! pauvres sots ! et peuple trop crédule !
Jusqu'à quand jouerez-vous ce rôle ridicule ?
Vous ne voyez donc pas qu'on se moque de vous,
Que devant un faux dieu vous êtes à genoux,
Et qu'en exécutant les arrêts de la mode
Vous suivez un sentier pour vous fort incommode ?.....
C'est inutilement prêcher devant des fous ;
Vous êtes des enfants, conservez vos joujoux.

Cependant admirons comment on se pavane
En un ajustement que le bon sens condamne :
Comme en cette matière on ne sait marcher droit,
Il faut qu'il soit, sur vous, trop large ou trop étroit.
Sous peine de passer pour des êtres ignares,
Il le faut de couleur et de forme bizarres.
Que ce soit un habit, que ce soit un bonnet,
Gardez qu'un vêtement remplisse son objet.
Un chapeau n'est plus fait pour garantir la tête :
De la mode c'est là la plus belle conquête.
Pour vous bien gouverner, sachez également
Qu'un corsage habillé n'est pas un vêtement,
Et qu'une femme doit, sans passer pour impure,

Savoir montrer sa grasse ou sa maigre encolure.
Voyez à quel degré nous sommes descendus :
Pour la taille la guêpe a détrôné Vénus,
Et notre individu, des pieds à la cervelle,
Doit toujours déguiser la forme naturelle.
Pour preuve de ceci, les plus amples appas
Ne charment plus les yeux et ne suffisent pas.
Il faut les augmenter d'une laide machine
Qu'on baptise indûment du nom de crinoline.
Avec cet appareil nullement gracieux
Une femme paraît se croire dans les cieux.
Mais énorme, sans grâce, et de tôle bardée,
On la voit se mouvoir haletante et guindée,
Contente d'avoir pu commander un jupon
Non plus chez le tailleur mais chez le forgeron.

Abandonnons la mode et laissons son empire,
Car je sens mon discours tourner à la satire.
Tout bien considéré, c'est un triste détail
Que d'entrer trop avant dans ce grand attirail;
Surtout lorsqu'y songeant, on a pu se convaincre
Qu'en un pareil combat on ne peut jamais vaincre.
Eh ! pourquoi mon prochain blâmerais-je aujourd'hui,
Quand demain me dira de faire comme lui?

Je connais la leçon de la femme adultère,
Je suis trop grand pécheur pour lui jeter la pierre.
Il vaut mieux négliger un peu la vérité
Que de se voir jamais manquer de charité.

Si l'on sait observer l'escadron de nos belles,
On en remarquera quelques-unes rebelles
Au torrent de la mode, à son impulsion.
Il nous faut à cela prêter attention.
Admirez avec moi de leur sens la droiture
Qui leur dit simplement de suivre la nature.
Ces coquettes d'élite ont compris avant tout
Qu'à la mode il fallait préférer le bon goût.
C'est pourquoi leur esprit incessamment travaille
A ne rien accepter qui ne soit à leur taille,
Sachant s'approprier les formes, les couleurs,
De manière à ravir les plus fins connaisseurs.
Pour ces esprits brillants, on comprend que la mode
N'est plus la grande histoire et n'est qu'un épisode.
Quand cette indépendance on a su conquérir,
La mode est une esclave et ne doit qu'obéir.
A ce prix je consens à finir la querelle,
A l'accueillir parfois et me rapprocher d'elle.
Si tout, comme on le sait, finit par des chansons,
Tout peut finir aussi par d'utiles leçons.

DISCOURS D'OUVERTURE D'UN THÉATRE

DANS UNE PETITE VILLE.

Quand, pour encourager notre gai vaudeville,
Vous créez un théâtre en votre belle ville,
Votre œuvre nous impose une obligation
Que notre cœur ressent avec émotion.
Plus votre soin est grand, plus grande est notre tâche :
A vous plaire il nous faut travailler sans relâche.
Pour atteindre ce but, objet de nos désirs,
Nous nous efforcerons d'augmenter vos plaisirs.
Nous saurons, s'il le faut, vaincre plus d'un obstacle
Pour que vous fréquentiez longtemps notre spectacle.
Nous promettons d'abord de la variété
Dans tout ce qui sera par nous représenté.
Afin d'être assurés d'avoir votre présence,
Nous saurons, dans nos choix, consulter la décence.
Enfin, vous le verrez, rien ne nous coûtera ;
Parmi tous nos acteurs c'est à qui vous plaira.

Le zèle, cependant, ne peut toujours suffire.
Il faut peu, quelquefois, pour trouver à redire.
Nous vous en conjurons, ne vous servez jamais
De ces instruments faux que l'on nomme sifflets.
Si parfois l'un de nous manquait d'intelligence,
Nous comptons, en ce cas, sur un peu d'indulgence.
Ménagez l'avenir des pauvres débutants,
Ils feront mieux un jour, et vous serez contents.

Pour nous perpétuer sur cette jeune scène,
Que le beau sexe daigne être notre Mécène.
Pour y bien réussir il nous faut son appui,
Car jamais nos efforts n'y suffiraient sans lui.
Nous vous en supplions, protégez-nous, mesdames,
Et nous pourrons alors braver les épigrammes.
Votre sexe a toujours été compatissant,
Vous deviendrez pour nous un bouclier puissant :
Sur lui s'émousseront les traits de la satire.
Daignez nous accorder un aimable sourire.
Si bénévolement vous nous faites ce don,
D'avance nos erreurs obtiennent le pardon.

LE TALISMAN INUTILE.

CONTE.

Quelquefois une vieille histoire
A tout le charme du nouveau.
Voici celle que ma mémoire
Vient retracer en mon cerveau :
Dans une ville de l'Asie,
Un certain jour, de grand matin,
On voyait la belle Amasie
En quête d'un bon médecin.
Elle était triste et désolée,
Craignant de perdre son époux,
Qui du funèbre mausolée
Recevait presque un rendez-vous.
Par bonheur elle fait rencontre,
En son chemin, d'un vieil iman
Qui la console et qui lui montre
Un admirable talisman.

Prends, lui dit-il, cette amulette,
Cherche avec elle un médecin.
Par cette magique lunette
Tu sauras s'il est assassin.
De chacun regarde la porte,
Et tu verras tous les esprits,
Par petite ou grande cohorte,
Des malades qu'ils ont occis.
Notre chercheuse satisfaite
Se croyait sûre, désormais,
De ramener en sa retraite
Des médecins le moins mauvais.
Aussitôt devant chaque porte
Elle regarde avec ardeur,
Mais cet aspect la déconforte
Et renouvelle sa douleur.
Des esprits la foule est si grande,
Obstruant la porte de tous,
Que notre chercheuse appréhende
Plus que jamais pour son époux.
Enfin, au détour d'une rue,
Elle eut un instant de bonheur :
Un médecin s'offre à sa vue,
N'ayant le signe accusateur,

Ou, du moins, c'était bagatelle,
Il n'y avait que deux esprits.
Ce médecin est bon, dit-elle,
Je n'y peux mettre un trop haut prix.
Sans plus de retard elle frappe,
En réprimant tous ses hélas,
A la porte de l'Esculape
Et de suite expose son cas.
— Mais comment ai-je pu, madame,
M'attirer votre attention ?
— C'est, répond lors la pauvre femme,
Par votre réputation.
— Ah ! sur mes dignes camarades
Vous me donnez par trop beau jeu ;
Je n'exerce que depuis peu
Et n'ai traité que deux malades.

CHANT POUR LE MOIS DE MARIE.

Salut! reine des cieux, bienheureuse Marie,
Célébrer vos grandeurs est notre humble devoir.
Nous joindre à vous un jour en la sainte patrie
Est notre ardent désir et notre doux espoir.

Qui sommes-nous, hélas! pour chanter vos louanges,
Et que faibles pour vous sont nos accents mortels!
Vous, qui, pour vous louer, avez le chœur des anges,
Et sans cesse entendez leurs concerts éternels!
    Salut! etc.

On connaît votre nom partout sur cette terre,
De tout cœur affligé vous êtes le soutien;
Et les infortunés, dont vous êtes la mère,
Savent qu'à leurs douleurs vous ne refusez rien.
    Salut! etc.

Pour adoucir nos maux, vous êtes la première
Vers qui, dans le malheur, nous cherchons un recours.

Toujours vous accueillez notre vive prière,
Toujours nous ressentons votre puissant secours.
Salut! etc.

De qui souffre ici-bas vous êtes l'espérance :
Le voyageur perdu par vous est protégé ;
Par vous l'ingrat pécheur connaît la Providence ;
Vous sauvez de la mort le pauvre naufragé.
Salut! etc.

Votre protection est toujours éclatante
Pour le faible vieillard, l'enfant abandonné.
Le spectacle touchant d'une âme repentante
Par vos soins maternels souvent nous est donné.
Salut! etc.

Nous mettons en vos mains le salut de notre âme ;
Soyez notre avocate auprès du Fils de Dieu ;
Daignez nous animer de votre sainte flamme ;
Soutenez notre foi lors du suprême adieu.

Salut! reine des cieux, bienheureuse Marie,
Célébrer vos grandeurs est notre humble devoir.
Nous joindre à vous un jour en la sainte patrie
Est notre ardent désir et notre doux espoir.

ACROSTICHE

FAIT PENDANT LE SIÉGE DE SÉBASTOPOL.

S i jadis on mourut plutôt que de se rendre,
I l s'agit aujourd'hui de prendre ou de mourir,
E t dans Sébastopol, presque réduit en cendre,
G agner, à prix de sang, un gage d'avenir.
E ncore un peu de temps et notre noble armée,
M ontrant son front d'airain par delà vos remparts,
É claircira vos rangs, soldats de la Crimée,
M itraillant, à son gré, vos bataillons épars.
O n verra devant nous qu'il faut que chacun tremble,
R usses aux noirs desseins, tout fiers de vos frimas!
A igles et léopards, dès qu'ils marchent ensemble,
B raveront, s'il le faut, deux ou trois potentats.
L 'histoire nous dira quelle futile cause,
É tonnant l'univers, a mis l'Europe en feu.
D écouvrons seulement une bien simple chose,
E t ce que Nicolas va risquer à ce jeu :

Son trône n'est debout que par le despotisme,
Et ne peut subsister qu'avec des ignorants.
Bien qu'il se soit fait chef d'un faux christianisme,
Avant tout sa raison est celle des tyrans.
Si donc l'esprit voilé de son peuple d'esclaves
Touche un jour de trop près à l'esprit de nos braves,
On sentira l'effet d'un tel rapprochement.
Puis, si, l'honneur de tous se faisant mieux comprendre,
On peut accoutumer les peuples à s'entendre,
Le despote vaincu fera son testament.

LES FILS DE FRANCE ET D'ANGLETERRE.

Air de *la Sentinelle*.

Vers l'Orient, en de lointains climats,
Les fiers enfants d'Angleterre et de France,
Rivaux d'honneur, matelots et soldats,
Vont nous montrer ce que peut la vaillance.
Ah! pour jamais restez unis,
Et, dans la paix et dans la guerre,
Soyez toujours les dignes fils
De la France et de l'Angleterre.

En Orient où, pour notre repos,
Ensemble ils vont subir le sort des armes,
Hélas! si tous sont de brillants héros,
Beaucoup d'entre eux feront couler nos larmes!
Si par la mort ils sont unis
Quand pour la paix ils font la guerre,

Ils tomberont en dignes fils
De la France et de l'Angleterre.

Quand l'Orient cessera de gémir,
Quand nous aurons vaincu la barbarie,
Nous renaîtrons pour un long avenir,
Et nos guerriers reverront la patrie.
Plus que jamais restons unis,
Et, dans la paix et dans la guerre,
Soyons toujours les dignes fils
De la France et de l'Angleterre.

Plus d'Orient, mais de plus doux combats
Se livreront au sein de la patrie.
Des ouvriers et non plus des soldats
Feront chez nous triompher l'industrie [1].
En répétant : Restons unis,
Beaucoup de paix et peu de guerre !
Soyons toujours les dignes fils
De la France et de l'Angleterre !

[1] L'exposition universelle devait incessamment s'ouvrir à Paris.

STANCES SUR LA CHARPIE.

Entendez-vous ce cri : « Faites de la charpie ! »
Il impose un devoir et doit être écouté.
C'est un appel qu'on fait à la philanthropie,
C'est le cri que vers nous pousse la charité.

Quand le soldat tombé sent s'échapper la vie,
Quand il voit accourir la mort qu'il sait braver,
C'est souvent le secours d'un tampon de charpie
Qui ferme sa blessure et qui va le sauver.

Faites de la charpie, ô vous, qui de vos frères
Aimez à soulager les cuisantes douleurs.
Il vaut mieux travailler à guérir leurs misères
Que de verser sur eux vos inutiles pleurs.

Faites de la charpie, ô mère de famille,
Par là vous sauverez... peut-être votre enfant.

Par là, peut-être, aussi, fidèle jeune fille,
Vous sauverez celui que votre cœur attend.

Faites de la charpie, a dit chaque ambulance,
Jamais pour tant de maux vous n'en ferez assez.
Quand nous avons pansé les enfants de la France,
Il en faut pour soigner nos ennemis blessés.

Travaillons-y donc tous, car c'est une œuvre pie,
Nous qui dans nos foyers goûtons un long repos.
Pour nos vaillants soldats faisons de la charpie.
Qui mérite nos soins plus que tous ces héros?

HOMMAGE A LA GARDE IMPÉRIALE,

AU RETOUR DE L'ARMÉE D'ORIENT [1].

Salut! nobles enfants dont s'honore la France,
Et qui portez sa gloire aux plus lointains climats,
Vous qui représentez sa force et sa puissance,
Venez vous reposer de vos rudes combats!

Soyez les bienvenus, élite de l'armée,
Vous avez surpassé ce qu'on vit autrefois,
Et, tout épouvantés, les échos de Crimée
Ont porté jusqu'à nous vos valeureux exploits.

La patrie, avec vous, se sent heureuse et fière.
Ses destins glorieux en vos mains sont remis.
Elle, que vos travaux ont faite la première,
Peut vous montrer à tous, amis comme ennemis.

[1] Cette pièce, mise en musique par M. Sagedieu, a été exécutée par l'orphéon au passage des voltigeurs de la garde à Corbeil, le 16 décembre 1855.

Quand vous reparaissez aux rives de la Seine,
Quand en vous revoyant nos cœurs vous sont ouverts,
Dites, faut-il laisser éclater notre peine
Pour ceux qui sont tombés, mais de lauriers couverts?

Non, non, ne pleurez pas, répond votre vaillance,
De ces guerriers fameux ne plaignez pas le sort,
Car ceux-là, mieux que nous, brillent par leur absence;
Envions tous, plutôt, leur héroïque mort!

Allez donc vous montrer, ô troupe magnanime!
A celui qui conduit notre char triomphal.
S'il modère un instant l'ardeur qui vous anime,
Il vous retrouvera prêts au premier signal.

CHANT

POUR LA NAISSANCE DU PRINCE IMPÉRIAL.

(16 mars 1856.)

C'est aujourd'hui la fête de la France,
Puisque le ciel nous accorde un garçon ;
Pour célébrer cette heureuse naissance,
Que tout Français se mette à l'unisson.

Avec la voix du cœur et par des chants d'amour,
D'un si beau rejeton félicitons le père.
Ce n'est qu'un faible enfant, mais il aura son jour,
Et par lui le pays en l'avenir espère.
C'est aujourd'hui, etc.

Trop heureux, en naissant il voit notre drapeau
Reprendre avec éclat son ancienne parure,
Et des lauriers touffus ombragent son berceau...
Quels présages brillants pour sa grandeur future !
C'est aujourd'hui, etc.

Lorsque ordinairement une mère suffit
A nous donner des soins, à guider notre enfance,
Pour le plus grand bonheur de notre cher petit,
Il en a trouvé deux : Eugénie et la France.
C'est aujourd'hui, etc.

Si depuis trop longtemps on courait le danger
De demeurer chez nous en lutte permanente,
Pareil à la colombe il est le messager
Par qui nous apprenons la fin de la tourmente.
C'est aujourd'hui, etc.

Sans crainte on attendait le choc universel
Que provoquait en vain l'impuissante Russie,
Quand, tout à coup, l'enfant que nous donne le ciel
Nous apporte la paix, comme un autre Messie.
C'est aujourd'hui, etc.

L'horoscope certain de notre nouveau-né
Est qu'il possédera les vertus nécessaires
Pour soutenir le sceptre à sa main destiné :
Ces vertus chez les siens étant héréditaires.
C'est aujourd'hui, etc.

On peut, dès à présent, prédire avec succès
Que de Napoléon il aura le génie ;

Qu'il aura la bravoure et le cœur d'un Français,
Et qu'enfin il aura la bonté d'Eugénie.

C'est aujourd'hui la fête de la France,
Puisque le ciel nous accorde un garçon ;
Pour célébrer cette heureuse naissance
Que tout Français se mette à l'unisson !

CANTATE DES ORPHÉONISTES

AU CONCOURS DE L'AGRICULTURE DE SEINE-ET-OISE,

(25 mai 1856.)

Célébrons des jours si prospères,
De la paix goûtons les douceurs.
Mars nous rend nos enfants, nos frères
Pour en faire des laboureurs [1].

Si souvent à pareilles fêtes
On conviait tous les Français,
S'ils voyaient les riches conquêtes
Que l'on peut faire dans la paix,
Épris d'une nouvelle gloire
Bien faite pour charmer les cœurs,
Ils aimeraient une victoire
Où brillent vaincus et vainqueurs.
Célébrons, etc.

1 On venait de proclamer la paix.

On met toujours en théorie
L'agriculture au premier rang;
Mais bientôt l'homme ingrat varie,
Pourtant il y puise son sang.
Espérons que c'est à notre âge
Que sera donné le bonheur
De voir enfin le labourage
Admis comme un titre d'honneur.
Célébrons, etc.

Que jamais on n'oublie en France
Qu'avant tout il faut soutenir
L'agriculteur, dont la science
Doit seule assurer l'avenir;
Car beaucoup peuvent, sans conteste,
Rebâtir et dorer Paris,
Mais c'est l'agriculteur modeste
Qui seul nourrira le pays.
Célébrons, etc.

Pour s'unir à l'agriculture
Il est un aide bien puissant,
Que, comme une lumière sûre,
Elle aurait dû prendre en naissant.

Ah ! pour le bien de la patrie,
Désirons qu'en de doux accords
L'Agriculture et l'Industrie
Confondent leurs nobles efforts.
Célébrons, etc.

Mais n'avons-nous pas un génie
Qui sait prévenir nos désirs ?
Par lui la France rajeunie
Renaît aux plus beaux souvenirs.
Tranquille des soins de la guerre,
Il va protéger tous les arts.
Il a pacifié la terre
Pour guider d'autres étendards.
Célébrons, etc.

Approchez-vous, humble phalange [1],
De ces lieux nuls ne sont exclus ;
Vous qui méritez la louange,
On va couronner vos vertus.
D'autres ici pour leur science,
Leurs travaux, reçoivent le prix ;
Dans le bien la persévérance
Parmi nous vous a seule admis.

[1] Les serviteurs des fermes, qui avaient mérité des récompenses.

Célébrons des jours si prospères :
De la paix goûtons les douceurs.
Mars nous rend nos enfants, nos frères,
Pour en faire des laboureurs.

STANCES

SUR LA MORT DE MONSEIGNEUR L'ARCHEVÊQUE DE PARIS.

(3 janvier 1857.)

O jour de deuil et de larmes amères !
Un sacrilége, au crime abandonné,
Ose braver la plus tendre des mères,
Et le lieu saint est profané !

O fol oubli des plus simples maximes !
Que deviendra celui que tu séduis?
Tu ne peux rien que pousser aux grands crimes
Le malheureux que tu conduis.

Digne pasteur, c'est quand, rempli de zèle,
Tu dirigeais ton bien-aimé troupeau,
Qu'un parricide, un disciple infidèle,
T'ouvre la porte du tombeau.

Qui le croirait ? lorsqu'il perce son père,
Ce criminel, au poignard acéré,
Cet orgueilleux... pour le saint ministère
  Il avait été consacré !

Il a frappé ce flambeau de l'Église,
Qui notre amour avait tant mérité :
C'était celui dont la noble devise [1]
  Préconisait la charité.

Quand vers le ciel sa belle âme s'envole,
Et que nos cœurs ont son dernier soupir,
Il a gagné la brillante auréole
  Avec la palme d'un martyr.

Grand Dieu ! pour nous ta justice est à craindre,
Et devant elle il faut nous écrier :
Lequel des deux devient le plus à plaindre,
  La victime ou le meurtrier ?

[1] La devise de l'archevêque portait : *Major autem horum est charitas.*

ODE SUR L'ATTENTAT.

(14 janvier 1858.)

Tandis que d'une paix profonde
Nous ressentons tous les bienfaits,
Quand nous avons forcé le monde
A vénérer le nom français,
La haine, reprenant ses armes,
Et se jouant de nos alarmes,
Ose attaquer notre Empereur.
Voyant cette atteinte nouvelle,
Nous demandons, haine cruelle,
Ce que tu veux dans ta fureur?

Ce que tu veux... c'est la victoire
Qui ferait triompher le mal;
Pour toi ce serait une gloire
D'amener son règne fatal.
Que de malheurs, que d'injustices,
De cruautés et de supplices,

Si tu pouvais y parvenir !
Tu peux nier notre parole,
Mais ce n'est pas une hyperbole,
Ton passé dit ton avenir.

Mais quel est donc le monstre infâme
Concevant de si noirs forfaits ?
Se peut-il qu'il se trouve une âme
Pour en combiner les effets ?
Lâche, en tes projets sanguinaires,
Tu mis devant toi des sicaires
Pour te préparer le succès.
Disons à l'honneur de la France,
Que pour t'aider en ta vengeance,
Tu n'as pas trouvé de Français.

Semblable aux foudres de Bellone,
Quel fracas se fait dans Paris !
La mort se présente et moissonne ;
Entendez-vous ces tristes cris ?
Des assassins quelle est la rage !
Ils osent frapper sans courage,
Portant d'inévitables coups;
Ne connaissant, en leur colère,

Que leur horrible ministère
Devant l'objet de leur courroux.

On se pressait pour une fête
Au sein de la grande cité;
Les auteurs de cette tempête
Agissaient en sécurité.
L'Empereur, devant la mitraille,
Voit, comme en un jour de bataille,
Tomber ses enfants sous ses yeux.
Mais Dieu, protégeant notre père,
Préserve une tête si chère,
Par un regard, du haut des cieux.

Recueillons-nous dans la prière
A ce terrible événement;
De cette scène meurtrière
Tirons un juste enseignement.
Quand, pour prix de notre faiblesse,
Nous voyons avec hardiesse
L'anarchie aller droit au but,
Serrons-nous auprès de l'égide
Que tient celui qui nous préside :
L'Empire c'est notre salut!

LOGOGRIPHE.

Je suis très-varié de forme et de matière.
Mon usage est utile et presque général.
On peut tirer de moi le bien comme le mal,
Et pourtant on s'y prend de la même manière.
Quoique j'aie sept pieds, je ne marche jamais.
Avec lui, quelquefois, mon maître me transporte.
J'habite la chaumière ainsi que le palais.
Que je sois grand, petit, riche ou simple, il n'importe.
Toujours, on le saura, je suis chez un savant.
Où l'on me trouve peu, c'est chez un ignorant.
Celui-ci, cependant, de mon sang est avare,
Tandis que le premier le répand en barbare.
Mais, j'en ai dit assez pour me faire saisir,
Lecteur, je parle trop tu vas me découvrir.....

Pour me connaître mieux si tu me décomposes,
Tu me verras subir trente métamorphoses :

Tu trouveras en moi ce qui forme mon sang,
Ce que tu fis entendre aussitôt en naissant,
Dix verbes, de bijoux une boîte garnie,
Deux prépositions, une cérémonie,
Une époque, un pronom, l'ornement d'un cheval,
Ce par quoi l'on commande à ce même animal,
Un adverbe, un vieux mot indiquant la colère,
Puis deux négations, une ville, un viscère,
L'épouse d'un neveu, plus l'épouse d'un roi,
Ce dont le Créateur a formé tous les êtres,
Un produit de l'abeille. Allons, devine-moi.
Sache aussi qu'à l'instant je puis servir vingt maîtres.

LOGOGRIPHE.

Sur six pieds je me tiens tout auprès du beau sexe,
Étant de sa beauté l'inséparable annexe.
Il le prétend, du moins, mais on ne sait pourquoi,
Car il pourrait fort bien vivre et marcher sans moi.
Telle est de son amour la violence extrême :
Plus on le tyrannise et davantage il aime.
Comme c'est sur ce point que mon règne est fondé,
J'aurai toujours, je crois, un succès décidé.
Si vous me devinez, je ne vous tiens pas quittes,
Je vais un peu plus loin reculer mes limites,
Et, si vous ne voulez passer pour idiots,
Vous trouverez en moi bon nombre d'autres mots.
En me décomposant, vous trouverez trois verbes,
Un petit adjectif, deux pronoms, deux adverbes,
Une conjonction, l'un des points cardinaux,
Et puis, ce qui se dit de fils en écheveaux,

Un instrument de cuivre, un engin pour la chasse,
Ce qui nous fait heureux ou porter la besace,
Le nom grec de l'amour, un métal corrupteur,
Une chose très-dure et le nom d'une fleur,
L'opposé de mouillé, le parlement d'Espagne ;
Une convention, où quelquefois l'on gagne ;
Votre part dans l'impôt, votre part d'un repas,
Un mets fort recherché, quand il ne brûle pas,
Un homme sans esprit, un terme de l'escrime,
Une île fort connue, où s'est fait plus d'un crime,
Une terre jaunâtre et le vieux nom d'un camp,
Ce qui toujours servit à sillonner un champ,
Ce qu'un chien veut avoir, ce qu'un cerf porte en tête,
Ce qu'on baisse aussitôt que le soleil entête,
Un tribunal de Rome et deux conjugaisons,
Ce sont trente-sept mots qu'ensemble nous faisons.

LES CINQ SENS.

Quand la nature, en bonne mère,
De sens exquis m'a fait le don,
En est-il un que je préfère
Ou dont je ferais l'abandon ?
Un pareil choix est difficile
Et serait peu judicieux :
Il n'en est aucun d'inutile :
Tous les cinq me sont précieux.

Toi que j'admire, ô ma Julie !
De tes yeux j'aime le pouvoir.
Pourquoi serais-tu si jolie,
Si je ne devais pas te voir ?
Ta vue augmente mes délices,
Ton doux regard charme mes jours,
Et je demande aux dieux propices
Le bonheur de te voir toujours.

Sais-tu comment après l'absence,
Quand je n'entends et je ne vois,
Mon cœur devine ta présence
Comme s'il entendait ta voix ?
C'est que ton haleine si pure
Par l'odorat vient l'avertir,
Et qu'ainsi ton souffle m'assure
Qu'à moi tu viens te réunir.

Quand tu fais ouïr ta parole
Elle résonne dans mon cœur.
Dans la peine elle me console,
Me soulage dans la douleur.
Pour tous les deux, ô ma Julie !
Qui vaudrait un doux entretien !
C'est le charme de notre vie,
N'est-ce pas le souverain bien ?

Te souviens-tu de la journée
Où nous nous donnâmes la main,
En demandant à l'hyménée
La faveur d'un même destin ?
Je sentis redoubler ma flamme
A ce pudique attouchement,

Qui me pénétra jusqu'à l'âme
D'un amoureux frémissement.

Un dernier sens me reste encore,
Mais, tendre amour, viens l'épurer.
Ma Julie, ô toi que j'adore !
Sur toi je puis le savourer.
Qu'un autre de bon vin s'arrose,
Cela le regarde après tout.
En baisant tes lèvres de rose,
Je satisfais bien mieux mon goût.

Nous le voyons, la chose est sûre,
Après ce rapide examen,
Les cinq sens pour la créature
Changent la terre en un Éden.
De la nature que le maître
Trouve en l'homme un adorateur,
Car chaque sens est dans son être
La source d'un nouveau bonheur.

LES SIX SENS.

ÉPIGRAMME.

Nombre de gens sur cette terre
Sont pourvus de cinq sens parfaits,
Mais chez beaucoup la bonne chère
Seule en fait valoir les bienfaits :
Vous les voyez ouvrir l'oreille
Quand sonne l'heure du dîner ;
Le toucher les guide à merveille
Pour trouver la salle à manger ;
Leurs yeux, sitôt qu'ils sont à table,
Ont déjà fureté partout ;
L'odorat, d'un mets délectable
Sait à propos servir leur goût.
A tous ces sens, on doit le dire,
Il en faudrait ajouter un,
Et ce ne serait pas le pire,
Il se nomme le sens commun.

COUPLETS

POUR UN MARIAGE.

Air : *Prenons d'abord l'air bien méchant.*

Pour trouver deux ou trois couplets,
Souvent l'auteur se désespère
Il trouve plus de vingt sujets,
Et tour à tour il les préfère.
Moi qui suis un pauvre garçon
Que jamais Apollon n'inspire,
Je crois que tout sujet est bon (*bis*)
Avec un refrain qui fait rire (*bis*).

Quand deux époux sont bien unis,
Aucun chagrin ne les tourmente;
Ils sont amants, ils sont amis,
Chaque instant leur amour augmente.
Mais quand de malheureux époux
Se querellent dans leur délire,

Pour tous les deux qu'il serait doux
De ne s'être unis que pour rire !

Vous avez formé ce lien
Qui donne le bonheur suprême ;
Et ce bonheur, croyez-le bien,
Il n'est qu'auprès de ce qu'on aime.
Si vos deux cœurs n'en forment qu'un,
Vous verrez l'hymen vous sourire.
Que tout entre vous soit commun.....
Je ne dis pas céla pour rire.

Pourtant ce nœud fort envié
N'a pas toujours les mêmes charmes,
On n'est pas longtemps marié
Sans qu'il ait coulé quelques larmes.
En ménage, tendres époux,
Malgré le bien qu'on vous désire,
Vous saurez, soit dit entre nous,
Qu'il n'y a pas toujours à rire.

Mais cessons ce triste discours ;
Qu'il soit celui d'un faux prophète ;
Croyons plutôt que tous les jours
Seront pour vous des jours de fête.

Pour nous, Messieurs, le verre en main,
De l'amitié goûtons l'empire,
Et pensons que jusqu'à demain
Nous sommes tous ici pour rire.

A MA FEMME,

LE JOUR D'UN DINER D'AMIS.

AIR : *J'ai vu partout dans mes voyages.*

C'est aujourd'hui grand jour de fête :
Nous attendons société.
Au lieu de dîner tête-à-tête,
Nous dînons en grand comité.
Allons ! que ton zèle s'enflamme,
Il faut nous montrer tes talents.
Nous traitons nos amis, ma femme,
Mets les petits plats dans les grands. } *bis.*

As-tu disposé ta vaisselle ?
As-tu fait tes petits achats ?
Pour que ta nappe, la plus belle,
Se couvre de mets délicats.
Du grand couteau fourbis la lame
Et prépare les cure-dents.

Nous traitons nos amis, ma femme,
Mets les petits plats dans les grands.

Mais du dîner va sonner l'heure,
Ce sera l'heure du plaisir,
Car notre modeste demeure
Va de convives se remplir ;
Monsieur... avec sa dame
Et puis tous leurs jolis enfants...
Nous traitons nos amis, ma femme,
Mets les petits plats dans les grands.

J'ai fait le tour de ta cuisine ;
Elle exhale une douce odeur.
Ton dîner a fort bonne mine,
Je crois qu'il va te faire honneur.
En tout j'approuve ton programme.
Puissé-je te dire longtemps :
Nous traitons nos amis, ma femme,
Mets les petits plats dans les grands.

Quand, autour de ta table ronde,
J'aime à fêter de bons amis,
Ce ne serait pas tout le monde
Que je voudrais y voir assis.

Je t'assure du fond de l'âme
Que pour des sots ou des méchants,
Je ne te dirais pas, ma femme,
Mets les petits plats dans les grands.

MES IDÉES.

AIR du *Bouffe et le Tailleur*.

Disciple d'Épicure
Je suis;
Renier ma nature
Ne puis.
Je veux couler sans ire
Mes jours,
Et chanter, boire et rire
Toujours.

J'aime à passer ma vie
Sans bruit.
J'aime la fleur suivie
Du fruit.
En tout temps je professe
L'accord,

J'accomplis ma promesse
D'abord.

D'amour et de tendresse
Un peu ;
Mais quant à l'allégresse
Beau jeu.
Pas trop de confiance,
Par goût.
Beaucoup d'indépendance
Surtout.

Foin de la politique
Chez moi.
Non plus je ne critique
La loi.
Je ne voudrais de guerre
Jamais.
J'aimerais voir la terre
En paix.

Pourquoi toujours nous plaindre
Du sort,
Et pourquoi toujours craindre
La mort ?

Ah ! quand elle prépare
Ses rets,
Soyons, sans crier gare!
Tout prêts.

Si ma philosophie
Vous plaît,
Ma plus sincère envie
Serait
Que bonne elle vous semble
Longtemps,
Pour la goûter ensemble
Cent ans.

LES PANTINS.

Air particulier.

Avec les pantins, à la foire,
Je trouve toujours du plaisir.
Du monde, en petit, c'est l'histoire
Que leurs jeux viennent nous offrir.
Admirant de Polichinelle
L'esprit tapageur et mutin,
J'aime à découvrir la ficelle
Qui fait gambader ce pantin.

Voici d'abord un personnage
Qui veut inspirer le respect.
Il représente un hommo sage,
Chacun s'incline à son aspect.
Mais sous une face nouvelle
Veut-on le connaître à la fin ?

Il suffit de voir la ficelle
Qui fait gambader ce pantin.

Bientôt paraît sur le théâtre
L'important financier Mondor;
On n'en ferait pas un bon pâtre,
Voyez ce qu'en fait un peu d'or !
Pourquoi le citer pour modèle
Et supporter son air hautain ?
C'est que d'argent est la ficelle
Qui fait gambader ce pantin.

Monsieur Tartufe se présente,
Et, quoique profond scélérat,
Il vous ravit, il vous enchante,
Par son regard doux et béat.
Contre cet homme en soutanelle
Le diable perdrait son latin,
Puisque bénite est la ficelle
Qui fait gambader ce pantin.

Mais regardez ce militaire,
Il arrive d'un air vainqueur.
Pour être certain de vous plaire,
Il montre d'un Français le cœur.

Si d'une mauvaise querelle
Il est souvent le paladin,
Solide au moins est la ficelle
Qui fait gambader ce pantin.

On voit sautiller sur la scène
Un personnage à falbalas.
Il gesticule, il se demène,
Faisant les doux yeux, les beaux bras.
Vous voyez un pantin femelle,
Cela tient un peu du lutin.
Bien embrouillée est la ficelle
Qui fait gambader ce pantin.

Ce serait une longue histoire,
Et je deviendrais ennuyeux,
Si tous les pantins de la foire
Je faisais passer sous vos yeux.
L'histoire serait longue et belle
S'il s'agissait du genre humain,
Et qu'on vous montrât la ficelle
Qui fait gambader ce pantin.

LA CRINOLINE.

RONDE.

AIR : *La bonne aventure, o gué.*

La mode ayant prononcé,
Il faut qu'on s'incline.
Plutôt que de dire assez,
On emmagasine.
Malgré volants, falbala,
On ajoute à tout cela
De la crinoline,
O gué ! } *bis.*
De la crinoline.

De ce tour ambitieux
Sait-on l'origine ?
Il part d'un cœur vicieux,
Je me l'imagine.

Quand d'envie elle gonfla
La grenouille s'affubla
D'une crinoline,
O gué !
D'une crinoline.

On nous dit que c'est nouveau,
Pensons qu'on badine ;
Cette espèce de cerceau
Est vieille machine.
Si nous croyons son portrait,
La mère Gigogne avait
Une crinoline,
O gué !
Une crinoline.

Si l'estomac tient au dos
Et fait triste mine,
Si l'on n'offre que des os
Au bas de l'échine,
On met à l'un du coton,
A l'autre on met un ballon
Fait de crinoline,
O gué !
Fait de crinoline.

Regardez cette beauté
Presqu'éléphantine :
Chez elle de tout côté
L'embonpoint domine.
Pour ces appas superflus
C'est un véritable abus
Que la crinoline,
O gué !
Que la crinoline.

Cette autre divinité,
Qui là-bas trottine,
Le centre de gravité
Près de la bottine,
A-t-elle ou non des appas ?...
On ne voit rien sous ce tas
Que la crinoline,
O gué !
Que la crinoline.

Vous qui savez nous charmer,
Rondeur assassine,
Qui saviez vous dessiner
Sous la mousseline,

Vous prenez un trop grand soin :
Non, Vénus n'a pas besoin
De la crinoline,
O gué !
De la crinoline.

L'autre jour en son boudoir
On surprit Aline,
Et son mari faillit voir
Face clandestine.
Tout à coup, se ravisant,
Elle fourra son amant
Sous sa crinoline,
O gué !
Sous sa crinoline.

Lorsqu'une fillette attend
Les soins de Lucine,
Sa taille s'arrondissant
Fait qu'on le devine ;
Maintenant elle en rira
Et tout dissimulera
Sous la crinoline,
O gué !
Sous la crinoline.

Ils sont passés, vos beaux jours,
    Grâce féminine.
Vous masque-t-on pour toujours ?
    O taille divine !
Non, la mode chassera
Aussitôt qu'elle voudra.
    Votre crinoline,
        O gué !
    Votre crinoline.

LES MARIS CONSOLÉS.

AIR de *la Catacoua*.

Maris nombreux dont le ménage
Offre un avant-goût des enfers,
Qui ne trouvez en mariage,
Au lieu de roses, que des fers,
Je viens guérir votre misère
Avec un remède certain.
Il est bénin
Et purpurin,
Ce grand julep n'est autre que le vin.
Ah! buvez jusqu'au fond du verre,
Pour oublier votre chagrin.

Si d'une femme acariâtre
Le destin vous a fait l'époux,
Votre maison est le théâtre
Où se révèle son courroux.

Laissez-y donc votre mégère
Distiller seule son venin;
Puis, cher voisin,
Venez, soudain,
Goûter, en paix, le doux jus du raisin.
Ah ! buvez jusqu'au fond du verre,
Pour oublier votre chagrin.

Époux dont la très-chère épouse
Cherche à captiver tous les cœurs,
Malheur à votre humeur jalouse,
Car beaucoup briguent ses faveurs.
Déjà sous la grande bannière
Vous conduit son petit cousin.
C'est un blondin,
Vif et badin.
Pourtant le fait est encore incertain.
Ah ! buvez jusqu'au fond du verre.
Pour oublier votre chagrin.

Si vous avez une bigote,
Elle vous laisse de côté ;
Pour satisfaire sa marotte,
Elle invoque la liberté.

Vous n'avez plus de ménagère,
Car la vôtre, dès le matin,
Baise la main
D'un capucin,
Changé pour elle en un gros chérubin.
Ah ! buvez jusqu'au fond du verre,
Pour oublier votre chagrin.

Votre femme adore la mode,
Il lui faut toujours du nouveau.
Elle veut en suivre le code,
Et vous en laisse le fardeau.
En poursuivant cette chimère
Elle quitte le droit chemin,
Tant qu'à la fin,
Votre butin
Est compromis du jour au lendemain.
Ah ! buvez jusqu'au fond du verre,
Pour oublier votre chagrin.

Mari d'une femme savante,
Que je vous plains, plus de beaux jours !
Quand elle tourne à la pédante,
Vous le saurez, c'est pour toujours.

De plus en plus elle exagère
Et vous montre un esprit mutin :
Car ce lutin,
Tout masculin,
A vos avis répond grec ou latin.
Ah ! buvez jusqu'au fond du verre,
Pour oublier votre chagrin.

Ma muse a besoin d'indulgence,
Mais bien tard je m'en aperçois.
Il fallait passer sous silence
Certains détails un peu grivois.
Je me suis montré trop sévère
Envers le sexe féminin...
Sexe divin !
Restez enfin
La plus belle moitié du genre humain.
Ah ! buvez jusqu'au fond du verre,
Pour oublier votre chagrin.

LA TABLE.

AIR du vaudeville de *la Petite gouvernante*

La table sert à tout le monde :
C'est le meuble de l'univers.
En incidents elle est féconde,
Tant ses usages sont divers.
Moi qui dois être raisonnable,
Des muses pauvre nourrisson,
Je me contente de la table
Où je compose ma chanson.

A-t-on vu des tables mouvantes ?
C'est un point en discussion.
A-t-on vu des têtes tournantes ?
Cela ne fait pas question.
Celles qui n'ont que l'air capable,
Et dont l'esprit rend un faux son,

Devront poser devant la table
Où je compose ma chanson.

Un enrichi tient table ouverte,
Il veut de la distraction.
Il voit sa nullité couverte
Par des flatteurs d'occasion.
C'est un bonheur peu désirable
Car de mépris il fait moisson.
Son couvert ne vaut pas la table
Où je compose ma chanson.

Sur la table de la roulette,
Vous qui jetez des monceaux d'or,
Qui, par cette action muette,
Voulez grossir votre trésor,
Craignez un revers redoutable,
Et retenez cette leçon :
Vous envierez un jour la table
Où je compose ma chanson.

Pourquoi souvent, grands diplomates,
Sur votre table à tapis vert,
Trouve-t-on de funestes dates,
Où se révèle un froid concert ?

Par un traité trop mémorable
Vous mîtes un peuple à rançon....
Baissez le front devant la table
Où je compose ma chanson.

Chevaliers de la table ronde,
Vous dont on vantait les vertus,
Votre nom seul reste en ce monde,
Depuis longtemps vous n'êtes plus.
Nous aurons tous un sort semblable,
Moi-même, sans plus de façon,
Il me faudra quitter la table
Où je compose ma chanson.

C'est autour de ce meuble utile
Que l'on rassemble ses amis.
Au village comme à la ville,
On aime à les y voir assis.
Lorsqu'avec un vin délectable
On trinque, on boit à l'unisson,
Cela vaut mille fois la table
Où je compose ma chanson.

Quand, sous une table de pierre,
J'irai me joindre à mes aïeux,

Je ne craindrai plus sur la terre
Les jaloux ni les envieux.
Si ma mémoire est regrettable,
Je dirai, gai comme pinson :
Un autre occupera la table
Où je composais ma chanson.

LE SOUVENIR.

Musique de M...

Il est un bien qui, dans la vie,
Sait nous consoler de nos maux.
Avec lui notre âme ravie
Reprend le calme et le repos.
Ce bien, pour nous si méritoire,
Et qui semble nous rajeunir,
Il est le fils de la mémoire,
On l'appelle le souvenir.

Quand il retrace notre enfance,
C'est un souvenir de bonheur ;
Dans l'âge heureux de l'innocence
On a peu connu la douleur.
Ce temps, dont la chaîne est légère,
On voudrait le voir revenir :

Il nous rappelle notre mère.
Quel agréable souvenir !

Aimons le temps de la jeunesse,
Il nous valut plus d'un beau jour.
Rappelons-nous, avec ivresse,
Qu'il vit notre premier amour.
Si de ses plus sombres nuages
Nous avons pu nous garantir ;
S'il s'est passé sans trop d'orages,
Il nous laisse un doux souvenir.

L'âge mûr nous promet encore
Des souvenirs bien précieux ;
Dans son cours l'homme voit éclore
Des sentiments plus sérieux.
Auprès d'une épouse chérie
Il sent ses peines s'adoucir....
Ah ! laissez-moi, je vous en prie,
Savourer un tel souvenir.

Cette faculté de notre âme,
Que l'homme de bien doit aimer,
Pour le méchant devient un blâme
Et jamais ne sut le charmer.

Aussi, le ciel, dans sa justice,
A-t-il créé le repentir...
Ce serait un trop long supplice
Que le remords pour souvenir!

REMERCIEMENT

A l'auteur de la musique du SOUVENIR.

O puissance de la parure !
On dédaignait mes vers lorsqu'ils se montraient nus ;
Ils faisaient dans le monde une triste figure
Et semblaient destinés à rester inconnus.
Mais depuis que la mélodie
Se plut à les parer de brillantes couleurs,
Ils cessent désormais d'être une rapsodie,
On les trouve expressifs, ils charment tous les cœurs.
Merci donc à l'auteur aimable
Qui gracieusement leur prêta son appui,
Et qui sut convertir en un chant agréable
Une œuvre trop légère, impuissante sans lui.

ÉPILOGUE.

Queje t'aime, petite muse !
Ta verve est sans prétention.
Avec toi souvent je m'amuse
C'est ma seule distraction.

Pour la vertu soit que je plaide,
Soit que je parle des amours,
Aussitôt tu me viens en aide
Et mêles ton charme au discours.

Il faut t'attacher à bien faire
Car tu n'es pas une beauté.
Si quelque chose en toi peut plaire,
C'est ton originalité.

J'ai pénétré ton caractère :
Tu te plais à fronder les grands ;

Tu sais consoler la misère :
Tu sais dévoiler les méchants.

J'aime à te voir lançant au vice
Le blâme qu'il a mérité,
Ou dénonçant une injustice,
Ou montrant une vérité.

Tu poursuis avec la marotte
Les ridicules à grands coups.
De même qu'un chat qui pelote
Tu caches ta griffe en dessous.

Quand nous allons de pair ensemble,
On nous prendrait pour frère et sœur.
Un même zèle nous rassemble
Et nous avons le même cœur.

O toi ! qui fais vibrer ma lyre,
Petite muse, je voudrais
Toujours être sous ton empire,
Jouir toujours de tes attraits.

Au caprice d'un sort barbare,
Quand nous devrons nous séparer,
Longtemps tu resteras mon phare ;
En mourant je veux l'espérer.

Lorsqu'il faudra que je succombe,
Tu garderas mes manuscrits,
Disant à qui verra ma tombe :
Ah ! jugez-le sur ses écrits.

EXPLICATION DES LOGOGRIPHES.

Le mot du premier logogriphe est Encrier, dans lequel on trouve : *Encre, cri, cerner, cirer, créer, crier, écrier, écrire, nier, renier, rincer, rire, écrin, en, in, cène, ère, ce, crin, rène, ci, ire, ne, ni, Nice, rein, nièce, reine, rien, cire.*

Le mot du deuxième logogriphe est Corset ; on y trouve ; *Coter, oser, oter, tes, se, te, ce, très, et, est, tors, cor, rets, sort, Eros, or, roc, rose, sec, cortès, troc, cote, écot, rôt, sot, estoc, Corse, ocre, ost, soc. os, cors, store, note, er, re.*

FIN.

TABLE DES MATIÈRES

FIN DE LA TABLE.

Corbeil, typog. et stér. de Crété.

www.ingramcontent.com/pod-product-compliance
Ingram Content Group UK Ltd.
Pitfield, Milton Keynes, MK11 3LW, UK
UKHW031857260826
14628UKWH00002B/832